时钟馆事件

事件

[日] 今邑彩 著

佳辰 译

上海文化出版社

图书在版编目(CIP)数据

时钟馆事件 ／（日）今邑彩著；佳辰译. -- 上海：
上海文化出版社，2024. 10. -- ISBN 978-7-5535-3052
-9

Ⅰ. I313.45

中国国家版本馆 CIP 数据核字第 202411D6Q0 号

图字：09 - 2024 - 0579 号

出 版 人：姜逸青
责任编辑：王皎娇
封面设计：一亩幻想

书　　名：时钟馆事件
作　　者：[日]今邑彩
译　　者：佳辰
出　　版：上海世纪出版集团　上海文化出版社
地　　址：上海市闵行区号景路 159 弄 A 座 3 楼　201101
发　　行：上海文艺出版社发行中心
　　　　　上海市闵行区号景路 159 弄 A 座 2 楼　201101　www.ewen.co
印　　刷：上海盛通时代印刷有限公司
开　　本：889×1194　1/32
印　　张：6.75
版　　次：2024 年 9 月第 1 版　2024 年 9 月第 1 次印刷
书　　号：ISBN 978 - 7 - 5535 - 3052 - 9/I.1176
定　　价：49.00 元
告 读 者：如发现本书有质量问题请与印刷厂质量科联系　T：021 - 37910000

目　录

第一章　行尸杀人事件

五月十一日，午夜零时三十分许，赤坂某公寓寂静的大厅里，自由摄影师川崎幸男正在焦急地等待电梯。

电梯指示灯自一直常亮的 8 依次降至 7、6、5……最后停在了 1。门徐徐打了开来。幸男正待一口气冲进去，却被吓得后退了一步，本以为空无一人的电梯轿厢里居然有人。

那是一个女人。她头上顶着黑白相间、式样大胆的宽檐帽，身上穿着同款连衣裙，是个身形瘦削，年岁稍长的女性。脸庞被黑色的大号墨镜几乎遮住一半，上面涂着厚重的脂粉和鲜艳的口红。

虽然对方的模样不可谓不美，但没人希望在深更半夜撞见这样的类型。

女人以异样的僵硬动作走出电梯，好似扭伤了颈椎般直挺挺地向正门走去，步履中总有种拖脚走路的感觉。

幸男扭头望着对方，直到电梯门即将关上的那一刻，才慌慌张张地钻了进去。

门关上的一瞬间，幸男突然打了个喷嚏。浓烈到无法称之为余香的香水味汹涌而至，刺激着他那每逢初春必遭花粉症荼毒的敏感型鼻黏膜。

直至电梯停在了自家所在的九楼，喷嚏也未能停歇。

*

当天早晨五点，天空刚泛起白色，在轻井泽的别墅区，右手边可

1

以望见白桦林的位置，一对初老的夫妇正沉浸在慢跑之中。

某大牌洋酒制造企业的前董事赤井昭三在退休之际，将千驮谷的住宅交给了长子夫妇，自己则和妻子将轻井泽的别墅选定为安度晚年之所，于两年前搬到了这里。

在天气晴好的日子里，这对夫妇总会相伴享受清晨慢跑的乐趣——更确切地说，昭三是在妻子的强迫之下享受了将近一年。

昭三略微放慢脚步，等待着妻子赶上。

即便不用回望，他也能想象得到，在身后二三十米的地方，自己那位攒下了令人惊叹的赘肉的丰腴妻子正晃晃悠悠地奔跑着，似乎滚着向前还能快一些。

昭三一边用围在脖子上的毛巾擦拭着额头上的汗水，一边漫不经心地望向前方的白桦林，心中陡生疑惑。

林中可以望见一个人影。

虽说四周晦暗未消，雾气蒙眬，但很快就能分辨出在林间穿行的人影是个女人。黑白相间的宽檐帽和同色的连衣裙，这并不是这一带的人清晨散步时的打扮。或许是足部伤病的缘故，那个人走路时有拖着脚的迹象。

这样的时间，这样的地点，一个独自行走的女人。

昭三好似撞见了亡灵，身上骤然涌起一阵寒意。

"喂，快看，那边有个女人！"

他对气喘吁吁追上来的妻子说道。

"哎呀，真的。这么早，是住在这一带的人吗？"

妻子的喘息如同棕熊般粗重，她顺着丈夫手指的方向望去。

"应该不是吧。刚才我看到有一辆白车停在奇怪的地方，可能是乘那辆车过来的人吧。是不是车抛锚了呢？"

"有可能……"

就在夫妻俩这般交谈的时候，可疑女人的身影消失在了树林深处。

＊

当天下午两点前后。

楠本惠刚下出租车，便迈着轻快的步伐，朝着白桦林另一头的和久龙一的别墅走去。

惠于春天应届毕业，她的未婚夫和久于去年秋天摘得大众文学奖，如今已是人气和实力双双到达顶峰的推理小说作家。为了专心撰写新作，他在一周前搬进了这间去年夏天买下的轻井泽别墅。

人生真是难料。

惠边走边想。

惠曾一心期盼大学毕业后能找到一份有前途的工作，成为干练的职业女性，踏上属于自己的人生道路。可有谁能够预料，半个月后，她竟会成为去年夏天偶然结识的、比自己年长十五岁的畅销作家的妻子，成为一名全职太太。

抵达别墅后，惠满怀期待地伸出手指按响了白色大门侧边的门铃，铃声自内部传了出来。她的心怦怦直跳，自己没打电话就登门拜访，是不是太过冒昧了呢？她先是焦虑不安，担心会因妨碍工作而遭到冷眼，过了一会儿又觉得不至于，尝试打消这个念头。她心神不宁地站了良久，仍没有来人的迹象，别墅里异常寂静。

据说和久是所谓的夜猫子，结束工作基本要到凌晨时分。然后他会上床睡觉，一觉睡过中午才起床。不过现在已过下午两点，按理说也该起床了吧。

惠又按了一遍门铃，但里边仍毫无回音。她试着拽了拽门把手，门是锁着的。对方不在家吗？她心中萌生出些许不安，又接连按了几次门铃。

和久的爱车就停放在门前，即便出门，也不像是要远行的样子。只要不是还没睡醒，那就应该是出门散步了吧。

惠一边想着这些，一边绕到了别墅后面。

客厅玻璃门上的窗帘已经拉开，这意味着和久应该已经起床了。

她往室内窥探，心里不由得咯噔了一下。有个人坐在客厅的沙发上，是个女人。她的脸上架着大号的黑色墨镜，头戴黑白相间、式样大胆的宽檐帽，身穿同色的连衣裙，就这样面朝这边，一动不动地坐着。

是谁？

看到未婚夫的别墅里出现了女性访客的身姿，她的心中荡起了波澜。

惠伸手去推玻璃门，但门同样上了锁。她向着客厅里的女人打了个"开门"的手势，女人依旧纹丝不动。

她没看到这边吗？

满腹疑云的同时，惠试着用拳头猛敲玻璃门，嘴里大喊"开门"，但那个女人仍维持着坐姿。

她简直像极了人偶。

真是太奇怪了……

惠凝神细看，这才发现女人的连衣裙在胸口处破了一个洞，边缘沾满了红黑色的污斑，简直就像不小心弄撒了番茄酱一样……

她的胸腔急遽高鸣起来，如此激烈的心跳与刚才截然不同，就连膝盖也开始瑟瑟发抖。

难不成——

惠环顾四周，抓起手边的一块石头，猛击着玻璃门。即便是在这样的声音下，戴帽子的女人依旧纹丝不动。

玻璃门砸开之后，惠手忙脚乱地爬进室内，五月的阳光投射在十二叠大小的木地板上，照得人眼花缭乱。

在擦得锃亮的地板上，有如同泼洒红黑油漆般的污痕。惠小心翼翼地走向依旧端坐的女人，浓烈的香水味熏得人几欲拧鼻。架着黑色墨镜的女人脸上抹着厚厚的脂粉，涂得通红的嘴唇两端好似微笑般轻轻上扬。裸露的咽喉自宽大的领口伸出，上面印着一个红黑色的人类掌印，简直像被人用力掐住咽喉一样。从右肩到前胸的衣服破了一个大口，布料上红黑尽染，指印宛然。

女人并非人偶。

惠一声惊呼，急急向后退去。女人的脚边滚落着一颗从桌上的水果盘里掉出的橙子，旁边还有一把沾血的水果刀。

衣服虽有破损，但女人身上看不到被刺伤的痕迹。很显然，血迹——惠已然深信那就是血——并不是那个女人的……

惠感到一阵眩晕，几乎跌坐在地。究竟发生了什么？这是怎么回事？她的头脑一片空白。

和久在哪里？

惠骤然惊觉，开始大声呼唤和久的名字，哪里都没有回音，室内寂然无声。她垂下视线，在地板上发现了好似踏过血泊留下的拖鞋印。血脚印共有两道，都顺着走廊星星点点地延伸开去，仿佛一方被另一方追赶着。

惠跟跟跄跄地追随着红脚印，脚印和血滴从客厅延伸至走廊，断绝在走廊右手边的厕所门前。

象牙白的门上也沾着模糊的血掌印。从大小来看，似乎是一个男人留下的，黄铜制的门把手上也留有血迹。

惠靠在门上，发疯似的呼唤未婚夫的名字。她先是用拳头砸门，然后双手抓着门把手试图把门拧开，但门岿然不动，从内部上了锁的门正散发着令人惶悚的沉默。

惠的头脑一片混乱，从厕所跟前奔向了玄关，走下台阶将大门打了开来。玄关整齐地摆放着黑色高跟鞋，好似方才女子之物。

惠赤着脚走到户外，随即冲向了厕所的小窗。她把附近的啤酒箱当作梯凳，窥探着室内的状况。虽说窗外装了铁栅栏，但好在窗是半开的状态。

一个身穿白衬衫的男人抱着马桶倒在了地上。那人正是和久。惠高呼着他的名字，可对方却纹丝不动，他那鲜血尽染的右手食指竖着，看样子是在指着某物。

惠稍稍转过身，朝那个方向看了过去。在明亮的米色墙壁上，凌乱地排布着像是用手指蘸血写就的红黑大字。

——行尸。

1

商店的门打了开来。

女店主正坐在高脚圆凳上，无所事事地吞云吐雾。听到声音，她略嫌麻烦地望向了门口。

"哎呀，终于到了。"

迈着匆促的步履而来的是一个腋下夹着茶色信封，眼珠炯炯有神的微胖中年男人。这人的西装肩部已经被雨水浸透。

中年男子身后，一个肩披皱巴巴雨衣、身材纤长的年轻小伙慢吞吞地出现了。

女店主并未对客人表示欢迎，只是慢悠悠地捻灭香烟，转身进了吧台。

"我服了，真是服了，这一带的路怎么会这么绕？"

中年男人刚一屁股坐上高脚圆凳，就大声抱怨起来。

"简直跟迷宫没两样。一下车站就在同一个地方打转，天上还下起了雨，感觉就像是鬼打墙。"

女店主一边从架子上取下落满尘埃的客用酒瓶，一边小声念叨着："搞不好真是鬼打墙。"

"怎么了？别磨磨叽叽的，快坐下吧。"

中年客人对着依旧满脸好奇四处张望的同伴说道。

"啊，是。"

年轻客人僵硬地折弯修长的腿，坐在了凳子上。

"这家伙是我的后辈，名叫小西亮，今年春天拿到了推理新人奖，是刚出道的新人。"

"请多指教……"

年轻男人嘴里嘟哝着一些听不清的话，微微地低下了头。

而女店主只是漠不关心地回了一句："哦，是吗？"

"我跟他说，这里有个来了客人都一笑不笑，甚至连'欢迎光临'都不肯说的古怪老板娘，他非要我带他来看看。"

中年男人的语气中渗着些许讥讽。

女店主用科学家调试剂的手法兑烧酒。

年轻男人像跳章鱼舞似的扭动着身子脱下外套，嘴里问着：

"这家店是叫'行尸走肉'吗？"

"你也要烧酒兑水吗？"

女店主只是反过来问了一句。

"啊，不，我要牛奶。"

前辈呆然地看向了后辈。

"我不会喝酒。"

"这里不卖牛奶。"

女店主冷淡地回应道。

"只要不含酒精，什么都行……"

"这里有鱼腥草茶。"

"鱼什么?"

"鱼腥草茶。"

"为什么会有这种东西?"

中年男人诧异地问道。

"我自己喝。"

"那就来一杯吧。"

"真是噩梦般的对话。"

同伴摇了摇头。

"话说回来，这店名也太厉害了。单从名字上看，就像是拒绝客人上门似的，居然没有倒闭啊。"

年轻男人用钦佩的声音把话题拉了回来。

"什么倒闭啊、流行啊，这里的老板娘早就跨越了这种世俗。"

"多亏了你们这种好奇心重的客人，我才能赚到让征税小哥看了都掉眼泪的一点小钱。"

"这么说来，这里的常客好像有很多作家和画家之类的，都是艺术圈的人。"

中年男人小声嘟囔着。

"店名有什么来历吗?'行尸走肉'这个名字，听上去不像是随便叫的。"

年轻人对店名的来头很是纠结。

"来历也没什么复杂的吧。因为这里的老板娘像是没有灵魂的躯壳，也就是所谓的行尸走肉。对吧？"

女店主的脸上掠过一丝诧异的表情。

"老板娘就是行尸？"

年轻作家大受震撼似的交替看着同伴和女店主的脸。

"年龄不详，住址不详，连真名都不得而知，甚至连花名都不肯透露，也不清楚有没有这个（他边说边竖起了大拇指①）。老板娘一直被厚重而神秘的面纱包裹着。能知道的事情只有一件，那就是老板娘年轻的时候，曾经历过一段轰轰烈烈的恋爱，与爱人毅然赴死，最终却只有自己独活的悲惨往事……"

"你听谁说的？"

女店主厉声问道。

"也没听谁说吧。这不是某次你难得喝醉了酒，自己滔滔不绝讲出来的吗？"

中年客人讪笑着说道。

"怎么可能？这世上根本没有能够灌醉我的酒，哪怕我真的醉了，也不可能说出那种让人直犯恶心的闲话。"

"可是你真说了哦。"

"胡说八道。"

"瞧你恼羞成怒的样子，果然是真的咯。年轻的时候啊——老板娘年轻的时候不晓得是几十年还是几百年前——"

_____

① 大拇指在日本传统的身体语言和手语中意为"男人"或"他"。

"又不是八百比丘尼。"

"你在故乡和做同人志的学生坠入爱河，但父母死活不同意你们的婚事。于是为情所苦的两人在能看见海的旅舍里，一边数着波浪声，一边一片、两片、三片地吃下毒药，真是太浪漫了。然而本该在天国成就的恋情却未能实现。男方倒是轻易去了另一个世界，而你却顽强地活了下来。男方离世唯你独活，你因此成了活死人，变得对世事漠不关心，不管是某个海湾发生战争，还是总理大臣换届选举，你都毫不在乎，只是觉得再死一次很麻烦，于是便成了活一天算一天的女人——"

"荒唐透顶！"

女店主那不知三十岁还是八百岁的白皙瘦脸眼看着扭曲起来，她掏出一支烟，猛力吸了几口。

"听着海浪声一同赴死？在天国成就恋情？这又不是什么新派悲剧。哪怕是瞎编的故事，也给我编得靠谱一点。"

随着喷出的烟气，女店主恨恨地说道。

"反正你是把哪个蠢货女招待信口胡诌的凄惨身世扯到我身上了吧。"

"算了算了。"

"什么算了。我的心情很糟，能请回吗？要打烊了。"

"哎呀，这也太残忍了吧？我们屁股还没坐热，外边又在下雨。何况我和编辑约好在这里碰头呢。"

中年作家瞥了眼吧台上的茶色信封，里边似乎是稿件。

"这跟我有什么关系。"

女店主把脸撇向一边。

中年客人挠了挠发丝稀薄的脑袋，为难地看着同伴。年轻人耷了耸肩。

"看来还是先道个歉吧。"

"刚才说的那些是我搞错了。我把某个蠢货女招待的身世和您弄混了。"

"烦死了，请回吧。"

"嗯，要是你非要赶我走我就走。但真是可惜啊，我都特地准备了压箱底的有趣故事。"

中年客人突然转变了战术，开始故弄玄虚。

可女店主仍爱答不理地背对着他。

"如果像老板娘这样，不看报纸也不看电视，过着超脱尘世的生活，是有可能连那个在世间引发轰动的大案也不知道吧……"

说着，他用狡黠的眼神上下打量着女店主。

"大案？"

女店主则用怀疑的眼神回望着客人。

仿佛钓者觉察到鱼儿咬钩，中年客人的嘴角浮现出得意的微笑。

"和久龙一，推理小说作家，你听说过吗？"

"没听说过。"

"年纪和我差不多，不过去年拿到了大众文学奖，现在已经是如日中天的当红作家了。"

"不知道。"

"他可是很受女性欢迎的作家啊，真的一点都不知道吗？名字总归听到过吧？"

"说了不知道就是不知道。"

"根本对不上话啊。"

客人叹了口气。

"那个当红作家怎么了?"

"他死了。"

"哦?"

"而且不是死于事故或者疾病,而是——"

为了拔高戏剧效果,客人故意顿了一顿,观察听众的反应。女店主依旧摆着扑克脸。

"被杀了。"

"哦。"

客人向后一仰。

"哦?就这样?"

"那我还能说什么呢?"

"比方说'哎呀'或者'真的假的'……"

"哎呀,真的假的?"

"感觉像是跟智能机器人对话似的。"

"专门写杀人故事并因此获奖的作家被杀了。知道了,然后呢?"

"……"

客人定了定神,继续说道:

"哪怕老板娘对世间万事万物都不感兴趣,也会对这桩案子感兴趣的,总之这是件离奇古怪的案子,想听吗?"

"不是我想听,是你自己想说吧?编辑来之前就听你说说,少废话。"

"案子发生在大约一周前,和久龙一的尸体是在轻井泽别墅的厕所里,以胸口被刺的状态被发现的——"

"厕所里?"

"对,和久是抱着马桶咽气的,死亡推定时间是十一号早上五点到七点之间，厕所的小窗似乎开着，但门是从里边锁着的——"

"我懂了，什么离奇古怪，就是你们最喜欢的密室杀人案吧？"

"不，不是。厕所的门明显是受害者自己锁的，而且和久似乎并不是在厕所被杀，而是在客厅被刺后，为了躲避第二击才逃进厕所，就这样失血而死。"

"都知道得这么详细，哪里离奇古怪了？"

"你先听我说。发现尸体的人是偶然上门来玩的未婚妻，就是她报的警，警察赶到以后打破了厕所的门——"

"然后发现当红作家居然抱着马桶死了。既然是个当红作家，应该抱着像样点的东西死才对吧。"

"话说回来，你知道是谁杀了和久吗？"

"谁？凶手已经抓到了？"

女店主扫兴地问道。

"也可以算被抓到吧，和久的尸体被发现的时候，凶手还在那里。"

"那人没逃？"

"没错，应该说是想逃也逃不掉，或者说根本没逃的必要。"

"啥意思？"

"你觉得是什么意思？"

"是我在问你吧？"

"也就是说，当和久的尸体被发现的时候，凶手也成了尸体。"

"自杀？"

"不是，那个凶手也是被杀的，是被人用手勒住了脖子。而且解剖的结果显示，那个女人的死亡推定时间居然——"

"是女人？"

"对，那个既是凶手也是受害者的女人名叫新宫凉子，是一家大出版社的前编辑。据说就是她把和久推向了公众视野。而且那个女人的死亡推定时间，居然比和久被杀的时刻早了十二小时以上。"

"啥？我开始听不懂了，你的意思是，叫和久的作家被杀的时候，那个女人已经死了？"

"是的，解剖的结果非常清楚。"

"但这样的话，那个女人就不可能是杀害作家的凶手了吧？"

"然而杀害和久的确实是那个女人，这点毫无疑问。"

"哪会有这种胡扯的事——"

女店主皱起了秀眉，客人抓住机会一鼓作气地说：

"这不就是我一开始说的吗？这是一桩离奇古怪的案子，和久龙一是被行尸杀死的。"

2

"等一下，你说那个女僵尸杀害作家的根据是什么？光是在现场也不见得就是凶手吧？"

女店主皱着眉头问道。

"案发当天，也就是五月十一日凌晨五点左右，在和久的别墅附近，一对正在慢跑的老夫妇目击一个穿过白桦林的'女僵尸'。她穿着熊猫模样的黑白条纹连衣裙，拖着脚走路。

还有，同一天零点三十分左右，在赤坂的一栋公寓里，有住户目击从电梯里走出来的'女僵尸'。新宫凉子就住在那栋公寓的八楼。根据住户的证词，那个女人浓妆艳抹，戴着大号墨镜，还喷了浓烈到几乎能熏歪鼻子的香水。而且走路的姿势也不太自然——"

"哦。"

"奇怪的是，新宫凉子平时并不会化这么浓的妆，也不会喷气味那么冲的香水，更不是什么墨镜爱好者。为什么偏偏在那天打扮成那副样子呢？明明不是夏天，为什么戴着漆黑的墨镜，把嘴唇涂得通红呢？答案只有一个，浓妆是为了遮盖皮肤上浮现的某种东西，猛喷香水是为了掩盖身体散发出的某种气味，墨镜则是为了掩饰眼睛的某种变化。"

"某种？难不成……"

"通常情况下，女人在什么时候会认真化妆呢？"

"当然是想让自己看起来更漂亮的时候，或者是斑点和雀斑增多的时候——"

"女僵尸想要遮掩的并不是斑点和雀斑，而是尸斑。在赤坂的公寓门厅里被人目击的时候，新宫凉子应该已经遇害超过八九个小时。虽说取决于季节，但通常死后两三个小时，尸斑就会浮现出来。至于为何喷香水，当然是想掩盖腐臭味。用墨镜遮住眼睛则是为了掩饰开始浑浊的角膜，厚涂口红是为了遮掩发紫的嘴唇。走路不稳很可能是尸僵的缘故。"

中年客人一口气说到此处，然后疲惫了似的放松了紧绷的身体。

"根据就只有这些？"

女店主不依不饶地追问道。

"当然不仅限于此。女僵尸穿的连衣裙上沾满了血。从血沫的飞溅方向来看，应该是行凶时溅上的血。尸检的结果显示，血型与和久龙一完全一致，应该是行凶时溅到的，而且衣服从右肩到前胸撕开了一个大口，上面还有染血的指印，指纹来自和久的右手。也就是说，当和久被女僵尸用水果刀袭击的时候，本能地抓住了对方的衣服撕扯起来——"

"凶器是水果刀?"

"对，据说原本放在客厅餐桌上的果盘里。这条是由未婚妻作证的。"

"这么说来，凶手是用现场找到的刀作案的咯?"

"没错，顺带一提，当警察冲进来的时候，'女僵尸'正面朝花园坐在客厅的沙发上，而这把水果刀就掉在她的脚边。刀柄上检测出了'女僵尸'的指纹，而受害者胸部的创口与这把刀的形状基本一致。"

"那凶器方面应该没有问题……"

女店主若有所思地嘟囔道。

"好了，回到刚才的话题——"

客人边说边点燃了叼在嘴里的香烟。

"在第一现场，也就是客厅的地板上，有杂沓的血脚印，由此可以大致推理出案发时凶手和被害者所采取的行动。

"首先，拖鞋脚印共有两道，其中一道应该是受害者的，从客厅沿着走廊一路延伸到厕所前面。

"另一道则像是有人追随着前一道脚印去往了厕所，随后又折回了客厅。

"而且第二道脚印在客厅徘徊了一阵，之后朝着大门的方向走去，当然了，虽然有些模糊，但还是留下了先到玄关，再折回客厅的痕迹。自不必说，那个女僵尸穿的拖鞋底上带有明显的血迹。

"从这些血脚印就可以看出，受害者在客厅遇袭后立即逃进了厕所，凶手虽然追了上去，却在发觉门被锁上之后折回来了。"

"那位作家为什么要逃进厕所呢? 不是应该往外面跑，或是打电话报警吗?"

"应该是有心无力吧。从被刺的情况推测，想要躲避持刀追逼的

16

凶手，通往走廊的门应该是最近的。而且电话并没有设置在客厅，而是出于工作关系放在了书房里。

"而且就算要跑到外边求救，这个地方距离附近的别墅有相当的距离，再加上现在正值旅游淡季，周围罕有人迹。为了躲避袭击，受害者唯有逃进边上的厕所，并从里边把门锁上，光是这样已经竭尽全力了。"

就像要滋润喉咙一样，中年客人喝了口烧酒兑水。

"可是……"女店主再度陷入沉思，随后又说，"哪怕女僵尸的衣服上沾有受害者的血和指纹，单凭这些，也不能说是僵尸所为吧。"

"怎么说？"

"也有可能是第三者实施犯罪后，将自己身上沾满血的衣服换到了女尸身上，把尸体打扮成凶手。"

"原来如此。不过。说起这事，我好像漏讲了一个很重要的信息，事实上，和久的血迹和指纹不仅仅留在了衣服上哦。"

"啊？"

"女僵尸裸露的脖子上也沾着和久龙一的血手印。"

"脖子上？"

"是左手的手印。和久被刺时，不仅用右手扯破了对方的衣服，还试图用左手勒住对方的颈部。但他随即意识到哪怕对手是女人，要是手持利刃的话，反抗也是徒劳，于是转身逃进了附近的厕所，随即锁上了门。厕所的窗户外边装着铁栅栏，相当于他把自己关进了完全密闭的房间里。如果凶手另有他人，即便事后能换衣服，也不可能在新宫的尸体上留下和久的血手印。换言之，新宫脖子上的手印，只可能是和久逃进厕所前留下的。"

"好吧。那么关于凶手是僵尸的说法，依据就只有这些吗？"

"不，还有——咳咳。"

客人突然呛得连连咳嗽。

"还有一个重磅的。"

"啥?"

"和久龙一留下了所谓的死前留言，就在他被困的厕所墙上。"

"死前留言?"

女店主面露讶异之色。

"就是受害者在临死前留下的话，比方说凶手的名字。"

"哦? 写了什么?"

"是血字，他在厕所的墙上写着'行尸'。从沾满血迹的指纹来看，肯定是和久自己写的。"

"哦?"

"凶手是行尸，这是受害者亲手写的。不是老板娘那种比喻性质的'行尸'，而是真正的僵尸。"

"这下我明白了，长久没来的雨宫先生为什么会到我这里，是那个死前留言让你想起了我的店吧?"

"说对喽。不过说我好久没来，那可有点过分了。前天我也来了，可店没开，是吧?"

这个叫雨宫的中年作家瞥了眼年轻的同伴，沉默到像死掉一样的年轻同伴点了点头。

"像以前那样弯来绕去，好不容易到了这里，却发觉店已经关门了。我还以为是倒闭了呢。"

"那真是对不住了，哪有这么容易倒闭? 我是因为上周得了重感冒，一直在家里躺着。"

"有人照顾你吗?"

"天晓得。"

女店主怄气似的把头扭向一边。

"可是，死在僵尸手上什么的——还是不敢相信。"

"不不不，这点程度还不算惊人，在调查的过程中，发现了更惊人的事实。"

中年客人探出身子，像是在说故事渐入佳境。

"啥？"

女店主也下意识地向前探出了身子，看起来已经彻底被故事吸引住了。

"是女僵尸哦，你猜她是被谁杀的？"

"被杀？哦哦，对了，那个女僵尸是被人掐死的是吧，"女店主像是想起什么似的应道，"那她是被谁杀的？"

"她居然是被自己杀害的对象杀死的。"

3

"你说什么？"

女店主反问道。

"杀害新宫凉子的就是和久龙一本人。"

"这种事情是怎么得知的？难不成女僵尸也留下了死前留言，比如'我杀的人杀了我'之类的？"

"谁会写这种绕来绕去的死前留言？"讲述者笑出声来，"在别墅书房的书桌里，发现了和久写给老家姐姐的信。"

"信？"

"对。和久很小的时候就因为台风之类的灾害失去了父母，是被比他年长十岁的姐姐抚养长大的。对和久来说，老家的姐姐是他唯一的亲人，也是替代母亲的角色。因此杀死新宫后陷入动摇的和久，首先想到的是向姐姐求救吧。"

"应该是吧。"

"信写在两页便笺上，看起来是心乱如麻的时候用铅笔潦草写就的。虽说字迹杂乱，但经过笔迹鉴定，无疑出自和久的手笔，总结起来是这样的内容——'午后造访凉子公寓，因琐碎小事引发争执，盛怒之下，我以双手扼颈夺其性命，继而将尸体留在公寓逃回别墅，不知今后该如何是好。'

"这些内容都是冠以'姐姐'的称呼写下的。"

"新宫凉子是在自己的公寓被杀的吗？"

"看起来是这样。事实上，警方在调查后发现，新宫在赤坂的公寓里有打斗的痕迹，枕头和座钟什么的散落一地，梳妆台的三面镜也碎了——"

"作家本人在信中坦白自己杀死了编辑吗？"

"就是这样，在写给姐姐的信完成以前，不知是突然改了主意，还是发生了什么不得不中断的状况，那封信并没有从便笺本上撕下，而是被整个塞进了抽屉的最深处。之后被调查人员找了出来。"

"可从信的内容来看，那个作家和女编辑之间，难不成——"

"正如你想象的那样，不仅仅是工作上的关系。虽说新宫大他五岁，但两人是众所周知的恋人。好吧，反正都是单身，所以也谈不上什么婚外情。说起来，最早发掘和久才能的，正是这位能干的编辑新宫。"

"这么说来，她也算是和久的恩人了。"

"没错，要是一直是恩人就好了。关于和久三十岁之前在什么地方做了什么事情，根本没人知道，大概是一边变换着工作和住处，一边学写小说吧。起初他的目标是纯文学，于是就一边写那种文章，一边辗转各地的出版社推销自己。

"后来，他把手稿带进了新宫就职的大出版社。无名之辈得到待见的机会是很罕见的，但这种稀罕事偏偏发生了。机缘巧合之下，和久的稿子引起了新宫凉子的注意，新宫读了和久的稿子，感觉到了才华，于是热心地说服主编采纳了这部作品。

"不久后，稿件付梓成书。初版的印量虽然不多，但一经问世，却引发了意外的反响。没过多久，出版社意识到自己挖到了金矿。从那以后，便是和久龙一成功故事的开端。

"总而言之，新宫凉子对和久而言几乎等同于救赎女神，虽然年纪稍大，但她长得有点像劳伦·白考尔，是个有个性的美人。再加上和久是由姐姐抚养长大的，原本就有些恋姐情结。起初，是和久先迷恋上了这位才貌双全的年长女子。"

这个时候，客人露出了不怀好意的笑容，又补充了一句"起初是这样哦"。

"那种关系会以怎样的结局收场，一把年纪了，多少可以想象得到。"

女店主一脸苦涩。

"一把年纪了，大概是八百年吧？"

"又不是八百比丘尼！"

"正如你所猜想的那样，和久龙一稳稳当当地踏上了通往成功的阶梯，每年都会获得各种奖项的提名，每次都会吸引到新的读者，逐渐在世间打响了名声。

"他原本的志向是纯文学，所以和其他推理作家相比，文学气息要浓不少。不过正因为如此，那些不满于传统诡计至上的推理小说的评论家和挑剔的文坛人士都对其青睐有加。

"然而，当新宫奖项入手，作品大卖，步入人气作家之列的时候，和久对新宫的态度开始发生变化，当周围老师长老师短的追捧声接踵而至之际，像新宫这样对他出道当时的情形知根知底的老编辑就成了眼中钉，而且因为是男女关系的缘故，可能在那方面也感到厌倦了吧。

"两人的关系因此逐渐冷却，于去年夏天迎来了决定性的分手。契机是年轻女性的出现。这是寻常可见的模式，和久身边有了女大学生朋友。而且就在同一时期，还发生了新宫和主编之间爆发激烈的争执，当场甩下辞呈的事件，主编欣然同意了她的辞职。"

"所以就成前编辑咯。"

"新宫的行为之所以歇斯底里，大概是希望两人能步入婚姻殿堂，也可能是对和久的身边频频闪现的年轻女大学生深感不安。

"可如果她觉得只要辞去工作，男人就会向她求婚，那就成了肤浅的算计。和久对于这个突然有了空闲，成天摆出妻子的架子纠缠自己的半老女人打心底里感到厌烦。在他的心目中，曾经秀外慧中，令人憧憬的女神已经堕入凡尘，变成一个喋喋不休的中年妇人。

"最终，他还是选择了房地产公司总裁的爱女，水灵灵的女大学生作为终身伴侣。好吧，若是身为男人，这是理所当然的选择……"

"这就是作家和久勒死女编辑的背景，也就是纠缠不清的男女关系吧。"

"正是如此，和久为了写作一直躲在轻井泽的别墅里，不晓得出于什么缘故跑到了赤坂的公寓。我不觉得他会主动闯进虎穴，很可能是被女方叫过去的。在那里，为了女大学生婚约的事，他一定是被说了什么难听话，乃至忍不住想要掐死对方。"

"关于第一个杀人动机还能理解，也就是所谓的情感纠葛吧。这种事常见得很。"

"就是这么回事，第二起谋杀的动机也很明显，一言以蔽之，就是复仇了。只能认为是惨遭杀害的女人对凶手的复仇。恨入骨髓，死了都不放过对方，所以才活过来了吧。

"真是的，关于这起谋杀，一切都很明了，没有任何隐晦的地方。凶手一开始就清楚，凶器很快被找到，谋杀的动机也随即有了分晓，犯罪地点和犯罪手段也没什么难解之处。

"这起案件没有任何未解之谜，像这样没有一丝迷雾的案子实在难得一见，一切都暴露在光天化日之下。"

"只有一件事除外。"

年轻的同伴小声说道。

"正是如此，只有一件事——换言之，就是一具被勒紧窒息、心脏停跳、尸斑显露、角膜浑浊、已经出现尸僵的完美尸体，在八小时后起死回生，从东京一路追到轻井泽实施杀人。唯有这个小小的谜团……"

4

"如果是恐怖片，那倒也没什么可奇怪的。僵尸杀人那是家常便饭，别说是凶手了，有时候连刑警都是僵尸。但如果这是发生在现实中的案子——"

"以我所见——"一直沉默的年轻男人怯生生地开口道，"凶手怎么看都不可能是女僵尸。"

"谁都觉得不可能，然而所有的证据都指向凶手是女僵尸——"

前辈的话音未落，就被后辈挥手打断了。

"真的是这样吗？虽然乍一看很像，但仍存在一个疑点。"

"疑点何止一个哦。"

"女僵尸是怎么从赤坂走到轻井泽的？如果公寓住户的目击事件发生在十一号零时三十分的话，那铁路这条线就不用考虑了，因为最后一班车是十一点五十八分从上野出发的。开车也行不通，据说新宫凉子好像没车，也不会开车。那她是怎么跑到轻井泽的呢？"

"难不成是飞过去的？"

"僵尸会飞吗？"

"我是没听说过。"

"会飞的是吸血鬼吧。"

"是吧。"

"根据在别墅附近目击僵尸的老夫妇的说法，当时有一辆白车停在了奇怪的地方。难不成凶手是开着那辆车来的？当案件曝光，警察展开调查的时候，附近并没有什么白车。"

"凶手另有其人吗？"

女店主叼着烟问道。

"我觉得这个思路最为稳妥。我不认为和久龙一会用这种奇怪的方式自杀。"

"哪怕有自杀的动机，也没有理由特地把尸体从东京运到轻井泽，伪装成被僵尸杀死的样子。如果真是自杀，只能认为他疯了。"

前辈这般说道。

"本案中必然存在着可以成为真凶的第三者。"

"你的意思是，杀死新宫的人是和久，但杀死和久的人并不是新宫，而是另有他人？"

"是的。"

后辈作家自信地点了点头。

"你的意思是，有人知道和久杀了新宫，然后用车把新宫的尸体载到了别墅，刺死和久之后，不知出于什么想法，伪装成尸体复活并向和久复仇的场面？"

"啊，不是，等等——"

后辈刚想说些什么，却被女店主抢了先。

"可干吗要这么费事？光是把尸体从东京的公寓里搬出来，就已经够不容易了。"

"是啊，而且当和久的未婚妻来到别墅的时候，屋子的门窗都是锁着的。只有厕所的窗开着，但外边装着铁栅栏。假使真的存在真凶，那他是怎么做到的——"

前辈说道。

"别墅的大门内部上锁了吗？"

后辈立刻追问道。

"内部倒是没锁，但别墅的两把钥匙全都是从屋内找到的——"

"那就不能说是完全的密室了。除非能证明不存在第三把钥匙，否则就不能排除凶手是从外边锁门并逃跑的可能。"

"是吧。"

"可如果认为真凶另有其人，那么最大的谜团无疑是凶手为何要特地将新宫凉子的尸体从东京搬运至此，还做出如此怪异的伪装。新宫的尸体看起来像是与受害者发生了扭打，哪怕破损的染血连衣裙可以事后换上，但脖子上的受害者手印却是问题。凶手是如何将其印上去的？要是厕所的窗外没装铁栅栏，凶手倒是可以从此进入，打开门锁，然后拖来新宫的尸体，将和久的血手印印在她的脖子上。但遗憾的是，这个办法是行不通的。"

"等一下。"

前辈急不可耐地打断了他的话。

"如果存在真凶，那就说明那人是个女的，因为行凶当时穿的是新宫的连衣裙。"

"可能吧，不过也没法排除爱好女装的小个子或变性人的可能性。所以也不能断言一定是女人。就当他是能穿上新宫凉子连衣裙的某人吧。"

"可那人为什么要在刺死和久后穿上别人的衣服？那件熊猫配色的连衣裙是新宫在经常光顾的服装店订做的，里面好像还绣着名字呢。如果是便宜衣服，倒有可能碰巧有同款。"

"这么说来，赤坂公寓的住户和别墅区的老夫妇看到的女人是——"

女店主问了一句。

"不是新宫，因为那个时候她已经死透不能动了。肯定是另一个人，这人化着浓妆，喷着浓烈的香水，戴着足以遮住半张脸的大号墨镜。这并非为了掩盖尸体的死相，而仅仅因为是另一个人。不，更准确地说，是另一个人冒充了新宫。

"浓妆的目的大概是尽量不让人看见素颜，戴墨镜恐怕也是出于同样的理由。至于香水，或许只是那人恰好喜欢浓烈的香味，或者在操作新宫的香水瓶时，因为不习惯用别人的东西，所以不慎洒在身上了。还有就是动作的不协调。哪怕尺寸合适，穿别人的衣服也不会那么贴身。尤其是订做的连衣裙，更是严格按照订购者的身体曲线制作的，这种不适应的感觉，在旁人眼里，就成了不协调的动作。还有就是走路时拖着脚，这有可能是偶然扭伤了，或是因为穿着新宫的高跟鞋，所以磨脚……"

"好吧。那移动尸体该怎么办？那可是把尸体从赤坂公寓搬运到轻井泽别墅，为什么非得做这么复杂的事情？"

"搬运尸体——是吧？"

"对，搬运尸体。"

"问题就出在这里。"

"没错，问题就在这里。"

"你认为尸体是从东京搬运到轻井泽的依据是什么？"

"因为和久的信上是这么写的。"

"上边有写把东京的尸体搬到别墅吗？"

"你在说什么啊？不，上面没写搬运。信中写的是人是在赤坂的公寓被杀的，但新宫的尸体是在轻井泽的别墅里被发现的。要是尸体不是自行走过来的，那就只能认为是被人搬过来的了。"

"不，还有一种可能。"

"怎么说？"

"有可能根本就不存在什么搬运尸体。"

"啥？"

"新宫的尸体从一开始就在轻井泽的别墅里，新宫凉子是在别墅遇害的，被和久龙一勒颈而死。"

"照你这么说，是和久在写给姐姐的信里撒了谎吗？事实上是在别墅里被杀，却写成在女方位于东京的公寓被杀，他为什么要写这样的谎话？"

"不，和久龙一并没有写下任何谎言。我认为信中所述一切真实无误，尽管如此，新宫凉子的尸体并没有离开别墅一步。"

"你傻了吗？在说什么胡话？"

前辈作家气恼地抬高了音量。

"这是一封未被送达的信。"

后辈作家打哑谜似的一句话，令前辈作家张大了嘴。

"未被送达的信？"

"这就是诺拉·莱特的悲剧。她从丈夫的书里发现了什么？一切悲剧的根源，究竟是出于怎样的误解。"

"诺拉·莱特，那是在奎因的《灾难之城》里登场的人物——难不成是这样？"

雨宫的眼中倏然闪现了一道亮光。

"注意到了吗？就是诺拉的丈夫写给妹妹的信，未被送达的信。要是和久龙一写给姐姐的信也是类似的情况呢？"

"那么，那封信就是——"

"没错，那是新宫凉子第一次被杀时，和久龙一写下的。"

5

"第一次被杀？"女店主把眉毛一抬，"这是什么意思？还有那个诺拉·莱特，又是什么啊？"

"新宫凉子被和久龙一杀了两回，两次都是用扼杀的方法。第一次是在东京的自家公寓，第二次是在轻井泽的和久别墅里。"

"你说啥……"

女店主的烟从嘴里掉了出来。

"和久是什么时候买下别墅的？"

"好像是在去年夏天吧。"

"如果是这样的话，新宫凉子第一次被杀——或者说是差点被杀，就在去年夏天之后了。要是考虑到那封写给姐姐的信是在别墅的书房里被找到的话。"

"是这样吗？信上所说的'白天'，并不在五月十日吗?"

前辈作家一拍膝盖。

"我也是这么认为的，和久龙一在这之前造访过新宫凉子的公寓，两人发生了争吵，他掐了新宫的脖子。记得和久就是在那时候开始和女大学生交往的吧。和久以为自己杀死了新宫，于是逃到了轻井泽的别墅，然后给姐姐写了这样一封信。但他在投递之前，才发现误以为被自己杀死的新宫还活着，她只是被掐晕了而已，后来又恢复了意识。

"于是这封写到一半未能撕碎扔掉的信就这样被他直接塞进了书桌的抽屉，直到这次的凶案发生前都静静地躺在原地。这回是新宫来到了轻井泽的别墅，两人又爆发了争吵，和久再次掐住了新宫的脖子，然后新宫凉子彻底断了气。"

"哦……"

店主失语。

"可这也太奇怪了，明明上回已经差点被杀，新宫这次为什么还要主动去和久的别墅呢?"

"这我也不太清楚，但如果第一起杀人未遂案相距本案已有半年多的空白，那么在这段时间里，两人有可能已经和解，甚至恢复了关系。但关系一旦出现裂痕就再难恢复如初。非但如此，和久还暗中与女大学生交往，并最终订了婚。要是这事被新宫知道了，气急败坏地冲进了别墅，又会怎样呢?她自己房间里的东西被乱扔似的撒了一地，与其说是和某人发生了争执，倒不如说是歇斯底里乱扔东西造成的。

"而新宫凉子曾差一点被和久杀害的事实，对另一个人物——即真凶而言，也是与这桩案子关联的重要伏笔。

"虽说这已经超出了推理，抵达了想象的领域。险些被杀的新宫虽没有对外透露这事，但还是对某个关系亲密的人透露过吧。虽说暂时恢复了关系，在内心的深处仍无法彻底信任对方，要是她始终心怀再次被杀的恐惧呢？要是她事先告诉那人，万一自己有什么不测，凶手就是和久龙一，又会如何呢？

"那人和新宫凉子之间可能存在这样的约定。新宫总是在固定的时间联系那人，联系中断之际，就是她自身遭遇异变之时。而且为了以防万一，那人还事先保管了新宫公寓的备用钥匙。

"结果新宫的联系在某天突然断绝，那人立刻赶到了新宫的公寓，使用备用钥匙进到里边，然后，那人换上了新宫最惹眼的裙子——"

"那人为什么要换上新宫的衣服？"

"是为了确认。"

"确认什么？"

"约好的联系中断，就代表新宫或有不测，但新宫身上究竟发生了什么仍不得而知。这或许也是两人事先约定好的。那人假扮成新宫，突然出现在和久面前。只要观察和久的反应，就能判断他是否杀了新宫。这样做的话，就能给对方造成本该被自己二度杀害的女人复活的假象，应该可以重创他的精神。或许那人还会随身携带一台小型磁带录音机，将和久的反应录下来，作为对方的罪证。

"总而言之，这人之所以装扮成新宫的模样前往轻井泽，应该是出于这样的理由吧。"

"当时那人知道新宫在轻井泽遇害了吗？"

"我不认为会知道这么多，可能只是设法了解到和久在别墅这边。"

"然后那人就去别墅查看，才第一次发现了新宫的尸体？"

"那人知道和久是个工作到拂晓的夜猫子作家，因此驱车赶去，在恰好黎明时分抵达别墅，打算破晓时分在别墅附近徘徊，让还没睡觉的和久看到自己。为此，那人选择了最显眼的礼服。之所以抵达轻井泽后途中弃车步行，是因为新宫凉子不会开车，那人或许是怕下车的模样被和久看到吧。穿过树林，像亡灵一样在别墅周围徘徊，最后靠近客厅的玻璃门窥探里边的情况。本打算吓一吓和久，没想到竟在客厅里看到了这样的场面——这位作家正拼命从新宫凉子的尸体上剥去衣服。"

"剥衣服？"

"如果要埋尸的话，为了让身份不易识别，通常会将受害者全身扒光，这是杀人犯的常识。"

"嗯。他俩想必都吓得不轻，隔着玻璃门双双大惊失色。于是，那人在目睹这一幕后，临时萌生了向杀死好友的男人复仇的念头，是吧？"

"从凶器是放在客厅里的小刀来看，倒是有这种可能，但是——"
年轻作家似乎想说什么，却突然改变了主意，继续往下说道：

"算了，总而言之，那个人进到了屋内。或许是和久被看到了意料之外的一幕，为了笼络对方才将其放进来的吧，然后两人之间发生了一些事情，那人抓起手边的水果刀袭击了和久龙一，和久虽然稍微抵抗了一下，但觉得再纠缠下去反倒更危险，于是便逃进了厕所把门锁上。我认为当时和久的心理非常复杂，如果他只是单纯的受害者，应该会采取更积极的行动求救。然而他不仅仅是受害者，还是杀害编辑的凶手。而且尸体就在现场摆着。出于这些缘由，他只能选择逃进厕所，采取消极的办法暂时躲开凶手的攻击。哪怕客厅里有电话，他也未必会选择报警吧。

"而且凶手显然也了解这种状况，那人先从玄关去往屋外，从厕所的窗户观察里边的情况，留在玄关处的血脚印就是在这个时候留下的。

"透过厕所的窗户，凶手看到和久用尽最后的力气在墙上写下死前留言。那血迹正是揭示凶手特征的危险信息，但由于进不了门，凶手也无法抹消这些字迹——"

"等一下，"前辈作家插嘴道，"按照你的推理，女僵尸并不是凶手，真凶应该是活生生的人吧？不过和久留下的遗言是'行尸'啊，这怎么能当成死前留言呢？"

"能的。这对凶手而言是一个致命的信息，和久并不知道袭击自己的凶手叫什么名字，假使知道的话，肯定会写下那个人的姓名。他只知道可以代表那个人特征的词，就是'行尸'。"

"我还是听不懂，老板娘，你明白这家伙在说什么吗？"

前辈作家挠了挠头。

"不知道。"

女店主用仿佛活了八百年的嘶哑声音回答道。

"那就换个说法吧。和久并不知道凶手的姓名，却认识那个人的脸。或者说，他想起了一件事，那人经营着一家名叫'行尸走肉'的奇怪酒吧。"

6

"你说什么——"

中年作家险些从椅子上跌落下来。

"什么意思？真正的凶手，难不成是这里的——"

他边说边望向柜台里边，却没看到人影，女店主正弯下腰去捡从嘴里掉下的烟。

"我的推理就是这样的，因为我实在想不出'行尸'还能指代什么。"

年轻作家有些遗憾地说。

"老板娘，你刚才不是声称自己不认识和久龙一吗？"

女店主并没有回应。

"那是谎话。你认识和久，也认识新宫，两人都曾光顾过这家店，哪怕这样想也没什么可奇怪的，因为这家店的常客都是作家和画家。

"你应该和客人新宫凉子很投缘吧？你俩年龄相仿，据我所知，新宫的气质和你也有类似之处，或许是一见如故吧。你和新宫不仅是店主和客人的关系，还以朋友的身份往来。

"然后，在某一天，你的那个朋友向你坦白了一个惊人的事实，她交往了七年的男人对年轻女孩移情别恋，到了最后，甚至企图杀害碍事的她。

"同为女性，你一定很同情新宫凉子，而对男方感到愤然。因此你决意施以援手——你脱掉了自己的衣服，也就是染血的连衣裙。

"回到刚才的话题，你是从厕所的窗户看到和久龙一留下的死前留言的。他并不知道你的名字，却写下了你的店名。你慌得不行，毕竟是稀奇古怪的店名，一旦被人看见，总会有人联想到你的店。况且警方要是知道你的店是好事作家和画家的聚集地，你与和久龙一这位知名作家的联系将迅速暴露。

"然而血字是没法抹去的，于是你就想，有没有什么办法可以把店名的'行尸'这个词的意思替换成别的东西，就在这时，你注意到新宫凉子的尸体，于是你又想，要是能把这具尸体伪装成死而复生的样子，或许就能把和久死前留言的含义从你的店名挪开。

"非但如此，我刚才也说过了，你刺死和久并非早有预谋，而是

33

突发犯罪，所以你没有带替换用的衣服。不过幸运的是，新宫的衣服就在现场，于是你脱下染血的连衣裙，穿到尸体身上，而你穿上了尸体身上的衣服。

"你为尸体换上溅了血的衣服，一是为了逃脱，二是为了掩盖死前留言的真正含义，可谓一石二鸟。

"你把染血的连衣裙穿到尸体身上，然后把凶器刀柄擦拭干净，重新沾上受害者的血和新宫凉子的指纹。接下来，你让新宫的尸体坐在客厅的沙发上，把你穿过的染血拖鞋套在尸体的脚上，并将凶器放在脚边。

"最后，你为她化上入殓妆，这既是为了给友人饯别，也是为了与赤坂公寓门厅里遭遇住户时的情形保持一致，因为当时你化着浓妆。总之，你用了现成的化妆品——这些化妆品有可能是放在手提包里随身带的，也可能是新宫凉子造访和久别墅时带来的。

"所有伪装工作结束后，你用第三把钥匙锁上了门，自别墅逃离。第三把钥匙应该是新宫凉子所持有的吧。因为孽缘未断，所以她手上有和久别墅的备用钥匙也不是什么奇怪的事。

"你本只打算在轻井泽把被杀的尸体伪装成死而复生的样子，但警方在之后的调查中却发现了和久龙一写给姐姐的信，事情愈加复杂，变成新宫的尸体专程从东京前来这里的奇怪状况——"

"等等！"

这不知是前辈作家第几次叫停了。

"你遗漏了一条关键的情形。"

他流露出仿佛立下大功般炫耀的表情。

"什么？"

"和久留在新宫脖子上的血手印是怎么回事？躲在厕所里的和久，

究竟是怎样把手印弄到尸体脖子上的?"

"哦，这事啊?"

后辈作家若无其事地点了点头。

"如果脖子上的手印是和久躲进厕所后印上去的，乍一看似乎不可能，但要是假设和久在躲藏之前手印就已经留在尸体上了，那谜题就没什么难解的。"

"之前就已经印上去了?"

"那并非有意为之，而是不慎沾上去的。老板娘挥着水果刀扑向和久时，新宫的尸体就在边上，大概是以衣服半脱的姿态，横躺或坐在沙发上。和久被刺后，用右手扯破了老板娘的衣服，然后因为反作用力之类的打了个趔趄，他本能地用左手支撑即将倒在沙发上的身体，却不小心按在了新宫的尸体上。恰好就在尸体的脖子附近。"

"……"

"也就是说，那个手印是偶然留下来的。凶手只是巧妙地将这点用于伪装罢了。"

当年轻作家说话的时候，女店主缄口不言。可她那微微吊起的眼睛却似游走在癫狂边缘般闪烁着妖异的光芒。

"另外，关于不在场证明，我想你应该没有吧。因为你刚才说过，这一周你因为感冒的缘故一直闷在家里。

"还有一条我刚才没有提及。有关你刺伤和久的原因，或许并非全是新宫凉子的关系，而是出于私怨。"

"老板娘的私怨?"前辈问道，"和久欠账不还吗?"

"不是哦，是女性特有的深刻怨恨。她化身为新宫女士出现在和久龙一面前，是她和新宫事先商量好的。但这只是为了吓吓和久龙一，掌握杀人的证据，没打算真的杀他。但在轻井泽的别墅见过和久后，你的心境发生了巨大的变化，也就是有了突发的杀意，那是因为你发现这个以和久龙一为笔名的人气作家，和以前给你的人生留下深刻创伤的男人是同一人。"

"什么意思？"

"刚才前辈不是说过吗？这位老板娘是殉情的幸存者，所以才成了行尸走肉。要是老板娘年轻时的那位殉情对象是和久龙一呢？"

"啊，当真？"

"现在还不知道是不是真的……这不过是我的推理，或者说想象才对。"

"那这想象可真够大胆的。但是很奇怪啊，老板娘的殉情对象不是死了吗？要是那人是和久龙一的话，僵尸就不是新宫，而是和久龙一了吧？"

"不是哦，其实对方并没有死。说他死了，其实是老板娘在自尊心的驱使下说的谎话，事实上对方并没有死，而是逃了，我觉得这样的情况才更符合现实。

"和久龙一在写推理小说之前，是搞纯文学的，对吧。他是在老家办同人志的时候，结识了同样是文学少女的老板娘吧。两人坠入了爱河，不知为何，甚至走到了想不开殉情的地步。但真正求死的就只有老板娘，男人在最后关头却怕死起来，所以只是假装服毒，撇下昏死的伴侣悄然离开。真正服毒，在生死边缘挣扎后终于保住性命的老板娘得知对方早已溜走，受到了莫大的打击。我觉得这比听闻对方的死讯打击还要大得多，因为其中没有丝毫浪漫可言。

"遭遇恋人背叛，从那天起，文学少女就似行尸走肉般度日，然而两人的因缘并未终结，数十年之后，两人在意想不到的状况下重逢了。老板娘像行尸走肉一般生活着，对方却以作家的身份功成名就，正走在人生的康庄大道上。老板娘得知了这事以后，情不自禁地抓起了身边的水果刀——"

"喂，等等，这样就不对劲了啊，如果和久真是老板娘的殉情对象，自然会知道老板娘的真名吧？既然这样，不就应该在死前留言上写下真名吗？"

前辈作家执意抵抗。

"啊，对哦。但也可以这样想，也就是说，老板娘与和久初次在店里重逢的时候，彼此都没有意识到对方的身份，毕竟已经过去将近二十年的光阴，面貌也全然不同了吧。没能发现也是情有可原的。可到了别墅之后，老板娘才意识到这个以和久龙一为名的男人究竟是谁，可是和久却到死都没能想起来。如果他至多只记得对方是某个怪名字酒吧的老板娘，那又会如何呢？或许他过去遇到的女人数都数不过来，不可能每个都记住。如果真是这样，是不是愈加惹恼了老板娘呢？"

"哦，我懂了，这确实非常有可能。"

"于是我就试着这样推理了一番，作为凶手，你有什么可反驳的吗？"

面对女店主那悚然的沉默，青年作家面带不安的表情问道。

女店主清了清嗓子，然后像举杠铃般千辛万苦地开了口：

"没什么可反驳的，但我有个问题。"

"请问。无论是什么样的问题，我都预备好了答案。"

"你这家伙，是不是在哪里撞坏了脑袋？"

"啊？"

"一直默默听着还真有趣。究竟脑袋要撞到什么地方，才会想到这种突兀的点子呢？"

"那个，我没有。"

年轻作家摸了摸脑袋，好像在回忆是不是真的磕到了什么地方。

"简直太蠢了，蠢到说不出话，为什么我要为素不相识的作家还有编辑什么的，千里迢迢跑到轻井泽去呢？五月十日和十一日，我正发着破纪录的四十一度高烧哼个不停。"

"所以说，那个……"

面对女店主咄咄逼人的质疑，年轻作家支支吾吾说不出话。

"瞧你都说了些啥？年轻的时候，殉情的对象跑了？这能是我吗？说我甩掉别人还像点话。这世上有谁能把我甩了？你觉得我看起来像那种傻瓜吗？把脑袋伸过来！"

"伸、伸过来干什么？"

"老娘要用这玩意儿揍你，或许能让你清醒一点！"

女店主抄起了威士忌酒瓶。

年轻作家哇呀呀地从椅子上跳了起来。

"这么做的话，这次一定会被当作杀人的现行犯抓起来的。"

"哼，坐个牢倒也能转换心情。"

女店主拎着威士忌酒瓶，作势要走出吧台。

"前、前辈，请拦住她，她的眼神是认真的。"

"消消火，瓶子里还有酒呢，太浪费了。"

前辈作家一边抠着耳屎一边出声提醒，女店主骤然回过神来，松开了威士忌酒瓶。

"哪有你这么劝的？"

年轻作家愤然地靠在墙壁上。

"这叫什么推理？你那蹩脚的推理抬抬手就能粉碎，比推倒多米诺骨牌还简单。按照你的推理，真凶是有车还会开车的人吧？"

"嗯，而且很可能是白色的车……"

"真不巧，我可不会开车，虽然没什么好自夸的，老娘这辈子就只开过三轮，白车什么的更不可能有了。"

"唔……"

年轻作家的表情就像一个得知新建成的大厦被风吹跑一般茫然。

"哈哈哈，太精彩了，真是弹指间灰飞烟灭。"

前辈笑了起来。

"真是的，听了这种蠢话，脑袋都开始疼了。能请你们回去吗？这回我真要打烊了。"

女店主一边说，一边用手指揉着太阳穴，面露愠色。

"好了好了，先消消火，之前说的那些只不过是新人作家的荒谬推理罢了，我从一开始就不认为老板娘是真凶，还是别赶我走了吧，"他边说边瞥了一眼手表，"编辑是时候来了吧，怎么搞这么慢。"

中年作家歪着脑袋嘟囔着。

"叫你走你就走，再磨磨叽叽的话，就把你打出去。"

女店主撸起袖子威胁道。

"知、知道了。走，这就走。我走总行了吧。"

中年作家慌慌张张地站起身来，又朝手表瞥了一眼。

"真没法子，"他咂了咂嘴，"那我把稿子先放这里，等 K 社的编辑过来帮忙转交一下。"

中年作家一边叮嘱，一边飞速逃离了柜台，年轻人早就逃到外边去了。

"雨还在下啊。"

"啧，比刚才更大了。"

两人的抱怨声透过即将闭上的门传了进来。

"如果这里的老板娘不是凶手的话，那果然是僵尸干的吗？"

"说不定僵尸真能在天上飞喔。"

"话说今晚可真是难受啊，天气又闷又潮……"

"要是尸体能活过来，还能四处游荡的话，说不准就是在这样的夜里……"

"呜呜，前辈，我们快回去吧。"

"这样的晚上真不想一个人待着啊……"

两人的说话声越来越小，不久就什么都听不见了，唯有淅沥雨声。

女店主走出柜台，坐在了客人没来之前一直坐着的高脚圆凳上，用安定的视线凝视着墙壁，重新抽起了烟。

雨声单调地持续着。

孑身独处之际，夜之寂静几欲深彻骨髓。

"真是乱弹琴，什么僵尸？哪来什么僵尸？那只不过是 B 级恐怖片编出来的玩意儿罢了。"

她用大得连自己都吓一跳的声音说着，随即捻灭了刚点燃的香烟。

"好咯，收拾收拾回去吧。"

女店主又大声说了一句，然后走进柜台，拧开了水龙头。伴随着哗哗的水声，她开始洗涤杯盘。低头清洗了一会儿玻璃杯，突然间仿佛闻到了一阵浓烈的香水味，不由得抬起了头。

眼前站着一个不知何时进店的来客——那是一个穿着湿漉漉黑色大衣的中年女人。

7

女人直立不动地站在那里，双手耷拉在两边。滴滴答答的雨滴从雨衣的下摆上滴落下来，在地板上留下黑色的斑点。

尽管是个闷热的雨夜，她却像是怕冷一般竖起了衣领，湿漉漉的头发宛如海藻般紧贴她那苍白的面颊，大号墨镜遮住了半张脸，嘴唇像是涂了血般呈现出通红的色彩。

浓烈的香水味夹杂着腐败的泥土味四处飘散……

"出现了——"

女店主情不自禁地紧握冰凿，发出了尖叫般的声音。

"咯……"

女人的嘴几乎没有动，发出了低沉的声音。

然后，她用隐隐透着机械味的动作环视着逼仄的店内，尽管戴着墨镜，不过女人的视线似乎落在了柜台的茶色信封上。

"奥兹……"

"稿子?"

女店主愣了一下，战战兢兢地问道。

"难不成你是 K 社的人?"

女人默默地点了点头。

"什么啊……别吓唬我。"

女店主松了口气，松开了紧握的冰凿。

"你是来取雨宫先生的稿件的吧?"

女人又点了点头。

"就在那儿。"

她用下巴指了指茶色信封，女人拖着脚走到了柜台前，检查了信封里的内容，脸上终于露出了安心的表情。

"刚才他和一个年轻人一起来的，我把他们打发走了。"

女店主一边想着 K 社居然会雇佣这样古怪的编辑，一边打量着这位女客人。

"打发走了?"

女编辑反问了一声。

"因为他们太爱胡说八道了。"

"胡说八道。"

"你看,一周前不是有个叫和久龙一的人气作家在轻井泽的别墅被杀了吗?那家伙竟然说凶手是我,简直笑死人了。"

"和久龙一?"

"好像是去年获得大众文学奖的推理小说家吧,听说那人被前编辑变的僵尸杀死了,街头巷尾都议论纷纷。我倒是没听说过和久这号人物——哎呀,你怎么了?"

女店主怔怔地看着客人的脸。

那是因为对方突然笑出声来,是那种咯咯咯,略带阴郁的笑声。

"你在笑什么?"

"你肯定没听说过。"

女编辑终于止住了笑声,然后就似把脸笑歪无法恢复一样,用手正了正脸。

"根本没有和久龙一这号作家啊。"

"什么?"

女店主的眼睛眯了起来。

"和久龙一是雨宫老师小说中的登场人物,现实中没有用这个笔名的作家哦。"

"没这号人?"

"是啊,没有,是虚构的人物。"

"怎么会!"

"老板娘刚才听到的,都是小说里的情节,雨宫老师的新小说。

讲的是一个人气作家被女编辑的僵尸杀死的故事，拿着，读读这个。"

编辑递出了茶色信封，女店主一把夺了过来，抽出了稿纸。

"标题：行尸杀人事件，五月十一日，零时三十分许，赤坂某公寓寂寥的大厅里，自由摄影师川崎幸男正在焦急地等待电梯——"

女店主朗读着打字机打出的稿纸。然后突然像是被狐妖耍弄似的，停下来看向女客人。

"这是啥？"

"都说是小说了。雨宫老师知道老板娘不看报纸也不看电视，就把自己的小说讲得好像是现实中发生的真事一样。"

"可是还有一个后辈年轻人呢？"

女店主惊慌失措地问道。

"是小西君吧，他们是一伙的，经常一唱一和，说相声似的耍人取乐。他们花在这种事情上的时间比工作还多。要是作家这口饭吃不下去了，干脆搞个'滞销作家'的组合上电视节目算了。这么说来，忘记是什么时候了，他们好像是曾说要吓吓那个麻木的老板娘，于是两人就合谋诓骗了你吧。"

"可恶，原来是这么回事，完全被耍了！"

女店主气得差点把稿纸扭成一团，编辑慌忙拿了回来。

"那新宫凉子这个女僵尸也是虚构人物吧。要是不知道的话，我还对她的遭遇挺同情的。居然被杀了两次，真是个倒霉的女人。"

"哦，那是真实存在的人物哦。"

"啊？新宫是真的吗？"

"嗯，抱歉没提前说，我就是那个人哦。"

女编辑从手提包里取出名片递了过去，上边写着 K 社，编辑部，新宫凉子。

"是你？"

女店主看看名片，又看看客人的脸。

"是我，雨宫老师真是恶趣味啊。在小说里创造一个僵尸角色根本没什么意思，我曾劝他别写。"

大概是冒雨前来的缘故，新宫凉子像是着了凉般打了个寒战，把大衣的领子拢到了一起。

"和久是虚构的，新宫却是真实存在的。我的脑子都要乱了。"

女店主自暴自弃似的说着，又伸手揉起了太阳穴。

"三天前，雨宫老师给我打来电话，说约定的稿子写好了，要我过来取。定的时间和地点总觉得有些古怪，但那位老师是出了名的怪人，而且这次的企划无论如何都要老师的稿子，我只得硬着头皮应承下来。现在我总算明白了，原来这是雨宫老师为了吓唬老板娘而布的局。"

"这样啊，那你的浓妆和墨镜全都是遵照雨宫先生的指示吧？"

"啊？哦哦，算是吧，讲完了那样的故事后，要是我打扮成僵尸的模样进去，老板娘总该被吓一跳吧——"

编辑道歉似的支吾道。

"所以他们是想吓死我，然后拍手叫好吗？什么人啊。把他们赶出去真是太正确了。但说实话，看到你这副打扮一动不动地站在这里的时候，真能把人吓到折阳寿啊。我还以为你真的是僵尸呢。"

"对不起，我本不想做这种恶趣味的事……可是他们威胁我说，要是我不配合，就不把稿子给我。"

"这就是给人打工的痛苦之处啊，真是的，雨宫先生太不像话了。下回再来的话，一定得让他吃吃苦头。"

女店主把手指的骨节按得咔嚓作响，然后对客人说：

"话说回来，你能把墨镜摘下来吗？我都不知道你在看哪儿，心里总觉得不踏实。"

"好的。不过说实话，我不是在老师的要求下才戴这个的。昨天晚上，我因为一点小事和对象吵了一架，当时——"

女编辑伸手捂住了墨镜，用几乎听不见的声音回应道。

"哈哈，眼眶周围青了是吧？"

"因为有碍观瞻，所以今天连班都没上。本不想顶着这样一张难看的脸出门，但雨宫老师的稿子无论如何都得来取。"

"工作尽职是好事，可你对象居然打女人，太差劲了。虽然管得有点宽，不过还是趁早和那种男人分手比较好，不然准没什么好事。"

"说得太对了，真是一点好事都没有。瞧瞧我这张脸，光是被打倒也罢了——"

编辑缓缓地摘下了墨镜。

然后，她用角膜微现浑浊的眼睛凝视着女店主。

"他还差点勒死我。"

第二章　黑白的反转

当达米娅①以震颤的声音唱罢《忧郁的星期天》时，远方传来了雷鸣。

看来要下雨了。

我半倚在扶手椅上，阖上了眼睛，一边聆听着唱针回弹的幽响，一边畅想着由比滨被白烟倾泻般的骤雨笼罩的景象。夏日的暴雨给人的感觉，就像是含在嘴里的薄荷般令人舒爽。

现在几点了呢？这个房间没有钟，我也没戴手表。

不过只需稍等片刻，楼下客厅的座钟就会用钟声向我告知时间。每隔一刻钟，它就会以威斯敏斯特教堂钟声相同的音色报时。

因此哪怕我在这里闭目养神，只需倾听那个音色，就能获知准确的时间。

听吧，钟声响起来了。我倾听着熟悉的音色，Fa-so-la-fa……La-fa-so-do，时钟以水晶珠子撞击般的琳琅声，宣告半小时已过。一刻钟，半小时和三刻钟可以通过音阶来区分。

我之前听到的是两点钟的报时，因此现在应当正值两点半，那些孩子差不多该来了吧。

---

① 玛丽斯·达米娅（Maryse Damia）（1889—1978），法国歌唱家、演员。以悲伤的歌曲和悲剧性的角色出名。

一阵粗暴的敲门声响起，我险些一跃而起，与此同时，羊毛毯滑落下来。

是妹妹。

无论我怎么叮嘱，久代也无意改变这种捶打般的敲门方式，她不可能不知道这样的声音对我敏感的听觉有多大刺激，或许妹妹恰是以这种方式向我"复仇"。当然了。这并非有意识的。

"进来吧。"

妹妹一声不吭地走了进来。

"敲门的时候就不能小点声吗？我耳朵又不聋。"

"哎哟，对不起。"

她捡起掉在地上的毯子粗暴地裹住了我的膝盖，我那罹患痛风的腿哪怕时值盛夏也离不开毛毯。从弯腰的妹妹身上传来了一股浓烈的膏药味。

"看起来要下雨了。"

听我这么一说，妹妹冷淡地应了声"是吧"，像是在为什么事恼气。

我大概知道她为何生气。

"记得说好是三点吧，那些孩子也该到了。"

"你真打算让他们留宿吗？聊会儿天就打发走有什么不好？"

久代抗议似的说道，妹妹果然在对那件事置气。

"让五个来历不明的家伙住在家里，哪有这样心血来潮的？"

"不算来历不明吧。他们是东京私立大学的学生，'邦画①研究会'的社团成员。"

---

① 日本电影。

"你了解的只有这丁点吧？"

久代打了个大大的喷嚏。

"既然你这么怀疑，那就让他们出示学生证吧。"

"那种东西能看出什么？上面又不会写性格的好坏。话说回来，他们怎么会知道我们家的电话号码呢？明明连电话簿上都没有登记。"

"这就是所谓的蛇有蛇道，鼠有鼠路吧。"

我笑着说道。

"不管怎么说，还是小心为妙。家里只有姐姐和我两个人。两个上了年纪的老太太，天知道对方会做出什么样的事来。"

"你也变得那么怕生了啊，明明小的时候那么人来疯的。"

妹妹小时候经常来片场玩耍，被工作人员宠溺着。彼时她的笑容至今宛在眼前。久代是个惹人喜欢，人见人爱的孩子。不知从何时起，她变成这样典型的老姑娘。

"那是当然的，毕竟照顾以孤僻出名的峰夏子整整四十年。"

妹妹的话中带刺，她似乎认为自己为我牺牲了大半辈子。

是啊，我毁掉了妹妹的人生，但妹妹所想的则是另一层意义……

窗玻璃上骤然响起了啪嗒啪嗒的声响。

"下雨了。"

久代阴沉地嘟哝着，然后自言自语般说道：

"他们不知道吗？"

我立即明白了妹妹在担心什么。

"他们不会知道的。"

我言之凿凿地回答道。是啊，他们不会知道……

"那样就好。"

妹妹留下这样的话，然后伴随着拖鞋踢踏的声音走出房间。

我从扶手椅上站起身来，打开了身边小柜子最上层的抽屉，取出了装在盒子里的玳瑁眼镜，我已经不知多少年没戴过它了。

那个突然打来电话，自称深泽的青年，说话的声音和那个人很像，说不定模样也相似吧。

我突然举起双手抚摸着脸颊，闭上眼睛，感受着掌心之上无情的衰老。

把他们——不，把那个青年邀进家里，或许是个轻率的决定……

就在这时，玄关的门铃响了起来。

1

"是不是那个地方？"

我对并肩行走的深泽明夫说着，伸手指向了树丛中若隐若现的蓝色屋顶的雅致洋房。

雨滴落在了指尖上，我情不自禁地仰望天空。

"下雨了啊。"

白色的石板路眼看着被黑色的水渍覆盖，深泽明夫咂了咂嘴，伸手推了推金属框眼镜，然后转过头来，用焦躁的声音喊道：

"喂，快走，这不是下雨了吗？"

熊谷雅人和辻井由之在我们身后，夹着安达香穗瑠边走边嘻嘻哈哈地笑着，他们一边呼喊着什么，一边跑了过来。

在冰柱般连绵的雨里，我们挤在一起，拥进了洋房的门廊。

深泽按响了大门的门铃。过了片刻，一个六旬年纪的小个子女人打开了门，她的发丝呈现灰色，随意地束在脑后。

尽管正值夏日，她仍穿着厚厚的羊毛袜。

她用锐如鸥鹆的眼神考评似的打量着我们。

"那个，我们是——"

深泽被老妇不悦的表情所压制，讲话有些磕磕巴巴，而对方依旧撇着嘴，将门大大地敞了开来，仿佛在说"进来吧"。

一行人踏进玄关，出现在眼前的是一间宽敞的挑高客厅，一座带着精致围栏的新艺术风格的楼梯以平缓的曲线连通二楼。

老妇瞥了一眼松软的天鹅绒沙发，仿佛在说"先在这里等着"，然后一言不发，以吃力的姿态攀登楼梯，像极了死囚迈上十三级台阶的样子。

我们一起目瞪口呆地看着她，当老妇的身影消失在二楼时，熊谷雅人无奈地耸了耸肩。

"真是个不友好的管家，看我们的眼神就像在看越狱犯一样。"

"只要看到你，谁都会这么想吧。"

安达香穗瑠笑着说道。熊谷那黝黑的脸上不仅戴着墨镜，还被一层煤灰一样的胡茬覆盖，更何况身上还穿着一件粗横条纹的 T 恤。

"这间房子比传闻中的还要豪华呢。"

辻井由之一面环顾四周，一面轻轻地吹了声口哨。

"跟你的轻井泽别墅相比，不是半斤八两吗？"

香穗瑠说道。辻井是大型食品公司社长的独子，住在田园调布的豪华别墅里，也就是所谓的富家少爷。

客厅相当宽敞，打理得井井有条，向南是一扇法式落地窗。

"瞧，可以望见由比滨耶。"

香穗瑠飞奔到窗边，用尖细而优美的鼻子紧贴着玻璃叫道。

窗外是白色的露台，往前是苍翠的草坪，再远些就是由比滨，它就横亘在灰色的雨中。天气如此恶劣，仍能望见数片船帆。

"真的呢。"

辻井由之依偎在香穗瑠那包裹着黄色 T 恤和白色裤子的修长身躯旁。

"要是天气晴好的话，景色会很美吧。"

辻井一边说着，一边若无其事地举起手里的手帕，轻轻擦拭着香穗瑠的波浪长发，发丝上系着与 T 恤同色的蝴蝶结。

"在哪在哪？"

熊谷将他那高大的身躯强行挤进两人中间，辻井的脸上明显露出了困扰的表情。

我离开那三个人，靠近了深泽明夫，他正独自一人聚精会神地观察壁炉上的照片。那是峰夏子年轻时的照片，彼时的她正值桃李年华，姣好的容貌恰如"明眸皓齿"这一古典的表达。富有光泽的青丝披散在肩膀上，视线微微上扬，笑容粲然，露出了珍珠般的牙齿。从纯白短袖中露出的手臂好似少年般纤细而紧绷。

峰夏子，于昭和十年，以十六岁的年纪似彗星般降临于电影界，却在如日中天，风头无两之际神秘地选择引退，成了笼罩在迷雾中的前女星。

"这个人是？"

我瞥见放在峰夏子侧边的男人的照片，忍不住向深泽询问。深泽的眼中闪过一丝敬畏，郑重地点了点头。

一张瘦削的脸颊，加之一双锐利而深邃的丹凤眼，他那美男子般的俊俏模样足以媲美男演员。但按照男演员的标准而言，这样的表情又显得太过高冷。

他就是导致峰夏子突然引退的缘由。

"果然是个美人啊。"

不知何时，香穗瑠已经站在了我们身后，她像是窥探什么似的把脸凑近了照片。

"年轻时的峰夏子，总感觉有点像安达君呢。"

"真的吗?"

被深泽这么一说，香穗瑠发出了快活的声音，我却有点不大舒服。因为深泽的话并不全是恭维。照片中的女人诚然漂亮得多，但在气质上和香穗瑠确有几分相似。

如果去国外，她会被视为典型的日本美人，可要是身在日本，看上去却像是身具异国血统的外邦人。这般不可思议的美不仅体现在照片中的女人身上，也体现在眼前这位用天真无邪的眼神凝视照片的女学生身上。

"真的，峰夏子跟你挺像的。"

辻井和熊谷像两条跟着主人的狗一样紧随在香穗瑠的身后，异口同声地说道。

突然间，壁炉上的鱼糕形座钟发出了悦耳的钟鸣，两点三刻到了，清凉的报时声让人听得入迷。

"是威斯敏斯特式的钟声①……"

深泽嘟囔了一声。

就在这时，一个声音自头顶传来。

"欢迎各位。"

我们吃了一惊，齐刷刷地扭过身去。只见一位女人正站在楼梯中间，她身上穿着一件古色古香的黑色长裙，把一只手搭在栏杆上。

灰白色的长发编成了一条垂在胸口的粗大三股发辫，戴着古朴的

---

① 国际通用的报时音乐，来源于 1793 年剑桥圣玛利亚大教堂，后来作为威斯敏斯特宫大本钟的钟声而闻名世间。

玳瑁眼镜的脸上没有一点脂粉，唯有嘴唇涂了一抹红色。

这位谜一般的传奇女演员，正迈着好似怀尔德所描绘的那个疯狂的老女演员①的步伐，缓缓地走下楼梯。

2

峰夏子，或者说，现如今已经恢复本名"越智保江"的老妇人，正以优雅而沉稳的步伐，徐徐地走进客厅。

尽管除去口红之外未施粉黛，身上穿着毫无缀饰的黑色连衣裙，但这位女士仍散发出与寻常老妪绝不相同的气质。

我们依次做了自我介绍，峰夏子则悠然地交叠双腿坐在沙发上，慵懒地倚着靠背。她的嘴角挂着微笑，却嫌麻烦似的并未一一看向我们的脸。

这样的态度放在常人身上兴许有些傲慢，但对这位老妇而言，却有种让人难以接近的昔日巨星的风范。当真是不可思议。

玳瑁眼镜背后的眼眸正凝望着窗外，好似等待某人推开法式窗归来。周正的脸上刻满皱纹，以及不少色斑，唯有眼睛宛如沉入废墟的夕阳，勉强维持着昔日的美丽。

深泽介绍了我们的社团，夏子始终保持着微笑，一边点头一边倾听。

虽名为"邦画研究会"，但深谙邦画之道的就只有创立社团的深泽。他虽然就读于经济学部，但将来的目标是当电影导演。正是他不知从何处打听到了这里的电话号码，安排了这场访问。我作为二号会员加入社团，梦想是成为编剧。

---

① 美国导演比利·怀尔德执导的《日落大道》，于 1950 年上映。

至于后面加入的三人，对邦画的了解和热情都相当有限。安达香穗瑠是我儿时的玩伴，在聚会游玩的过程中，不知出于什么缘故成了三号会员，紧随其后加入的是熊谷和辻井。他们对电影兴趣寥寥，只知道跟在香穗瑠的身后。

"峰女士突然引退的原因至今仍是谜团，果真是因为冰见导演的意外身亡吗?"深泽问道。

"是啊，我不否认……"这位前女星露出了寂寥的微笑。

峰夏子于昭和十年——十六岁的时候从日活出道，二十五岁的那年转投东宝，在那里遇见了崭露头角的新锐导演冰见启辅。

夏子在之后的杂志采访中表示，与冰见的相遇是命中注定的缘分。在那之前，她只会扮演清纯的千金小姐，但在与冰见相遇后，她的演员天赋得到了觉醒。

据说冰见也因获得了峰夏子这样的天才，其后的作品变得愈加深邃而犀利。

峰夏子对于冰见启辅而言，不啻于格蕾丝·凯利对于希区柯克，她是有着特别待遇的女演员。

随着两人搭档的作品陆续问世，有关两人关系的传闻也逐渐流传开来。冰见未满四十，是一位英俊得足以成为演员的男子，而且还是单身。此外，由于夏子的父亲也是电影圈的人，冰见与夏子的家人（夏子之母早亡）也过从甚密。难怪有传闻说，这两人迟早在私生活方面也会是一对好伴侣。

然而，出乎世人所料的状况还是发生了。昭和二十七年，在开车方面初学乍练的夏子在箱根兜风时，因驾驶失误不慎撞上了护栏，同车的冰见头部受到重创，当场身亡。驾驶车辆的夏子虽然同样撞到了头，但奇迹般只受了擦伤而得以生还。

但就在事故发生后不久，夏子突然宣布退出电影界。她在人气正值巅峰之际突然引退的做法震惊了世人，而她仅以"个人原因"这般模棱两可的措辞来表述引退的缘由。

不过根据与她亲近的工作人员的爆料，夏子曾表示"不愿出演冰见以外的人导演的作品"。她就这样离开了电影界，隐居在镰仓，从今往后再也没有出现在银幕之上和世人面前。

"我真的不想出演其他导演的作品。搞不好冰见会在天国生我的气吧。他总是把'与其把自己当作女人，更应该保持女演员的身份'挂在嘴边。最终，比起做女演员，我还是选择了当女人的生活方式。"

"看来传闻是真的，你们两人之间有过浪漫。"

听我这么说，夏子不置一词，只是点了点头。

"真是太一往情深了。"

香穗瑠出神地嘟囔着。

刚才为了我们开门的老妇人端来了红茶。

"家妹久代以前也是女演员。"

一直被我们当成管家的老妇，原来是小夏子五岁的妹妹。

"当年我是憧憬着已是明星的姐姐才出道的，但我并没有当演员的才能，还被毒舌的冰见先生说'你还是适合嫁人'，因为这个，我早早就金盆洗手了。不过不仅是我，冰见先生从不把其他女演员放在眼里，他的心目中只有姐姐。"

久代苦笑着说道。对于姐姐夏子而言，有关冰见启辅的回忆或许是甜蜜中带着悲伤，但对妹妹而言并非如此。

我们热络地聊起了老电影，时间飞快地过去了。久代精心准备的晚餐非常美味，只不过峰夏子似乎是不吃晚饭主义者，她只是快活地看着我们用餐。

我无意中往窗外看了一眼，雨仍在下着。

3

晚饭后，我帮久代收拾餐具，男生们和香穗瑠则去了客厅陪伴夏子。

当我们收拾完毕返回客厅的时候，深泽和熊谷正在玩双陆棋，夏子等人则在一旁观战。

双陆棋应该是游戏爱好者深泽带来的。他不仅擅长双陆棋，凡是与"智力"沾边的游戏就没有他不擅长的。此刻他戴在手腕上的手表，据说就是在几天前的麻将赌局中从熊谷手上赢来的。

"——或许是双陆棋作为游戏的历史太短，规则又很简单，因此一般人将其视作适合小孩玩的游戏。但事实上，它是不亚于国际象棋和围棋的深奥游戏。"

深泽一边这样讲解，一边放下一枚黑棋，他似乎在教对双陆棋一窍不通的前女星玩游戏。

起先熊谷占据优势，但最终熊谷的棋子几乎全被翻转，深泽获取了压倒性的胜利。

熊谷懊恼得咬牙切齿。

"这样一来，您就应该理解玩法和规则了吧？双陆棋的规则非常简单，就连小孩子都能很快上手。但这并不意味着游戏本身就很简单，如何，峰女士，和我玩一局吧。"

峰夏子倚在沙发靠背上，嘴角挂着微笑，就这样摇了摇头。

"还是免了。我不太擅长这种游戏，一定是脑子不好使的缘故。久代，你试试看。"

说着，她把陪下棋的任务推给了妹妹。

"这是什么？"

久代盯着双陆棋，好似有生以来第一次见到似的。

"双陆棋，规则非常简单，首先决定自己的棋子。"

深泽将一枚一面黑一面白的棋子放在棋盘之上，用手遮住棋子，向久代问道：

"选正面还是选反面？"

"那就正面吧。"久代不知所措地回答道。

深泽把手一松，棋子的正面是白色。

"那就久代女士执白，我执黑，规则是这样的，首先，把双方的棋子像这样放在方框里。"

深泽一边说着，一边把两枚黑棋呈对角状置于棋盘中央，在他的催促下，久代也做了同样的动作。

"黑棋先手，只需将棋子落在可以夹住对方棋子的位置上，一旦夹住以后，必须将对方的棋子翻转过来，变成自己的颜色。夹的方向可横可竖可斜，无论夹住几枚棋子，只需向着同一个方向排成一列即可。要是轮到自己却没有位置可以夹住对方的棋子，那就必须喊过，直到合适的位置出现。就这样继续游戏，直到无法继续为止。最终子多的一方获胜。如何，您能理解吗？"

"哦。"久代暧昧地点了点头。

"总是先试一局吧。"

从开局到中盘，久代的白棋始终占据压倒性优势，当然了，这都是深泽刻意安排的结果。

"久代女士真是太厉害了，再这样下去我会输的，真伤脑筋啊。"

深泽说着违心的言语，一直试图撩动久代的情绪。当然了，到了最后阶段，形势一举逆转。只在转眼之间，占满棋盘的白棋尽数变成黑棋，到了最后，久代的白棋一枚都没有剩下，黑棋填满了棋盘。

"这下分出胜负了。"

"哦……"

久代不禁哑然。

"哪边赢了？"

夏子问道。

"如您所见，黑棋赢了。不过久代女士虽是第一次下棋，却有着不错的思路，稍加练习就能上手的。"

说到最后，深泽仍不忘夸赞久代一句。

久代被吹捧得兴致高涨，探出身子说"再来一局"，看来是那种很容易上钩的类型。

比赛就这样进行了好几轮，而每当被邀请时，峰夏子总是笑着摇摇头，一直旁观到了最后。

不知何时，壁炉上的座钟敲响了十一点的钟声。

"哎呀，已经这么晚了，我得上楼去了。"

夏子像是吃了一惊似的站起身来。

"关于卧房和浴室请问久代，那么，晚安了。"

这位前女星话音刚落，便迈着缓慢的步子沿楼梯走了上去。

"二楼有三间卧室，一楼还有一间大房。各位打算怎么安排呢？"

久代说道。就在我们凑在一起商量下面的房间由哪两个人同住时，香穗瑠说了句无法让人置若罔闻的话。

"让我和辻井君一起用，是不是早了点呢？对吧，辻井君？"

香穗瑠看向辻井，嘴角浮现出意味深长的微笑。辻井那张平板而苍白的脸登时飞上了一抹红晕。

"这话是什么意思，香穗瑠？"

熊谷脸上的笑容登时消失了。

"既然这样，不如坦白了吧，我和辻井君已经订婚了哦。"

香穗瑠拉过身旁辻井的胳膊，夸耀似的说道。

"订婚？"

熊谷似乎难以置信，茫然地嘟哝着。

"骗人的吧？你们不还是学生吗？"他用乞求般的视线看向香穗瑠。

"哎呀，真不是骗人的，当然要等到毕业以后再结婚了，就是想先跟大家通报一下。"

"这是真的吗，辻井？"

熊谷用近乎嘶哑的声音问道，慌乱中取出香烟的手正微微发抖。

"是啊。所以你今后要酌情与香穗瑠交朋友哦。"

辻井同样对熊谷报以夸耀的笑容。

"原来是这么回事，最近总感觉你们两个有点不大对劲……"

熊谷紧咬嘴唇，瞪着依偎在一起的两人。

原本其乐融融的气氛霎时变得险恶起来，深泽也伏着脸，尴尬地摆弄着双陆棋棋子。

最终，楼上的房间分别由我、香穗瑠和辻井使用，楼下的房间则分配给了深泽和熊谷。

久代分别介绍完各人的卧室和一楼的浴室后，就像无法忍受气氛突然险恶起来的客厅似的，匆匆返回了二楼的卧室。

"那么，我可以先去洗个澡吗？"

香穗瑠以轻快的语调说道，似乎毫不介意周围变得沉重的气氛，迅速起身离开了客厅。

熊谷憋着一肚子火，一屁股坐在沙发上抽起烟来。

大约过了一刻钟，香穗瑠从浴室里走了出来。只见她面色红润，一头长发披散在香肩之上。她一边玩弄着手里的黄丝带，一边报告说：

"是大理石浴缸哦，真是太厉害了。"

熊谷说自己也想洗澡。当他走出客厅的时候，座钟恰好以钟声报告了十一点四十五分。

"虽然声音挺好听的，但响得这么频繁，总觉得有点吵啊。"

辻井抱怨道。

我困乏至极，又感了风寒，因此决定不去洗澡，直接上楼去了卧室，分配给我的房间位于最靠近楼梯口的位置。

走进房间，床铺已经铺好，我换上带来的睡衣，迅速钻进了被窝。窗外依旧是淅淅沥沥的雨声。

在单调的雨声中，我不知不觉地陷入沉眠。

我只在深夜里醒过一次，二楼某个房间的门"砰"一声关上，是那声音将我惊醒。我下意识地看了一眼放在枕边的手表。

正好是凌晨两点半。

与此同时，客厅的座钟钟声越过黑暗传了过来，没过多久，我又进入了梦乡……

*

我在黑暗中醒了过来。

或许是上了年纪的缘故，这些年来躺在床上，总先是昏昏沉沉地睡一会儿，随即像突然被击中胸口似的惊醒，这种情况变得越来越频繁。

某次，我实在不堪恐惧，于是疯狂地按响床头的铃，把睡在隔壁房间的妹妹吵醒了。

外边没有雨声，令耳朵麻痹的寂静覆盖着周遭，白天吵闹的野鸟啼叫也消失了。

那五只闯进宅邸的雏鸟又怎样了呢？

时隔数十年再与孙辈般的年轻人交谈，或许正是这样愉悦的兴奋妨碍了浅眠。

我想起了快要忘却的过往，那是四十年前的事了。那件撕开了我的心口，留下了深刻创口的往事……

那天，正当我用生疏的姿势紧握着方向盘，身旁的冰见突然羞涩地动起了嘴。

窗外的嫩叶正闪着光芒。

"我得正式向你父亲提出请求。"

"咦，什么？"

我已经有了某种预感，但仍装作没事一样问道。

冰见一边笑着，一边吐了口烟。

"请他把爱女嫁给我。"

他终于说出来了，我似警铃大作般心跳不止，那一刻正是幸福的巅峰，那个声音，我一生都无法忘怀，高昂的情绪驱使我踩下了油门。

然后，下一瞬间——

不，算了吧，为什么会想起这件事呢？

我在黑暗中闭着眼睛。

往事倏然远去。

储物间的窗户关上了吗？

我的注意力突然被这样简单的事情缠住了，今早刚走进去的时候，因为霉味太重的缘故，所以打开了窗……好像忘记关了。

要是久代发觉并替我关上就好了，放着不管的话，雨可能已经飘进了房间。而且一楼的窗户居然开着，未免太不谨慎。

这么一想，我再也无法安安稳稳地重入梦乡。按铃把妹妹叫醒也不是不行，但考虑到她好久没跟外人接触，可能已经疲惫地睡熟了吧，我便不忍心这么做了。

我缓缓坐起身来，往睡衣外边罩上长袍，摸索着戴起了搁在床头小桌上的眼镜。

走下楼梯的时候，客厅里传来了谈话声，似乎有人仍没有睡。

"还没睡吗？"

我边下楼边打招呼说。

"怎么都睡不着啊，"那个叫深泽的学生回应道，"您怎么了？"

"我好像忘记关储物间的窗了。"

我走进客厅侧边的储物间，虽名为储物间，却也是六叠大小的西式房间。开门进去的正前方是一扇窗户。窗户果然敞着，雨水飘了进来，地板湿了一片，幸好过来检查了一下。于是我关上窗户并上了锁。

回到客厅的时候，我又和深泽他们闲聊了几句。就在这时，座钟敲响了告知两点的钟声。

"这钟声每隔一刻钟就敲响一次，你们不觉得吵吗？"我问。

"说实话，是有点。"熊谷回答。

"打开玻璃盖，里边有个开关。把它拨到静音那头，钟就不会响了。"

"那睡前我调一下吧。"

"早上起床后请记得调回来哦。"

"好的。"

当我回到二楼卧室的时候，座钟敲响了告知两点一刻的钟声。

4

我在野鸟的鸣叫声中醒了过来。

揉着眼睛循声看去，纯白的蕾丝窗帘正闪耀着炫目的光辉。

我走下床，拉开窗帘。外边天气晴好，楼下的客厅传来了座钟的钟声。我看了一眼床头的手表，指针正指着七点半。

我换好衣服，去了二楼的盥洗室。辻井正在盥洗室里刷牙，他叼着牙刷对着镜子里的我说了声"早上好"。

我俩下到客厅，久代斥责般的声音传入耳中。

"今早起来的时候，我发现这里的座钟被调到了静音，请不要做这种恶作剧。"

久代的话声大清早显得有些刺耳。

"对不起，因为钟声太吵，所以在睡前调了一下，本打算起床后调回来的，结果给忘了。"

熊谷垂头丧气地挠着头。当我和辻井从楼梯上下来时，久代这回又将责备的视线投向了我们。

"另一位小姐呢？"

"她不太习惯早起，过一会儿应该会起来的。"

辻井回答道。

我们去了一楼的餐厅，那里并无香穗瑠的身影，也不见夏子。

久代把盖着布的盘子端上了二楼，看来夏子是那种喜欢在床上用餐的人。

早餐吃完后，香穗瑠仍没有下楼。

"这样一来，收拾起来会很麻烦的。"

望着桌上剩下的一人份早餐，前女星的妹妹愤愤不平地嘟囔着。

"我去叫她。"

辻井用餐巾抹了抹嘴，兴冲冲地站了起来。

"俨然一副丈夫的派头。"

熊谷愤恨地说了一句。

没过多久，辻井就下来了，可他并没有带着香穗瑠。

"好奇怪，她不在房间里。"

"不在？也不在盥洗室吗？"

听我这么一问，辻井摇了摇头。

"我看过了，不在。"

"可能是出门散步去了吧。"

对于不擅长早起的香穗瑠而言，这种情况倒是相当稀奇。

"我特地去门口看了一眼，鞋子还在。"

我们面面相觑。

"她是去哪里了？"

"大清早就玩起了捉迷藏？"

熊谷撇着嘴说。

"我再去二楼看一眼。"

辻井又出了餐厅。

"好咯，那我们也去找小瑠吧。不吃不喝玩捉迷藏也不赖嘛。"

在熊谷的催促下，我和深泽不情不愿地站了起来。

然而这场"捉迷藏"并未持续太久，"鬼"很快就找到了香穗瑠。她藏在客厅旁边的储物间里，是我先发现的。

说是储物间，其实就是一间西式房间。我推开门，看到香穗瑠像胎儿一样蜷缩在门和墙壁间的缝隙里。她的长发如波浪般披散在肩

64

头，发梢垂落在地板上。

"真是的！你在这里做什么？害得大家都担心死了。"

我向她打了招呼，可她仍默不作声地蹲在地上，连头都不肯抬。她的身上穿着和昨天一样的黄色 T 恤，而她明明是那种绝不会把同一件衣服连穿两天的人。

"闹够了吧。"

我轻轻地拍了拍香穗瑠的肩膀，莫名的僵硬感传到了手掌上，我不由得吃了一惊。

我伸出颤抖着的手，将她凌乱的发丝拨开，待见到她露出的脸时，我吓得用拳头捂住了嘴。

昨天系在头发上的黄丝带，此刻已然紧紧地绕在了白皙的咽喉之上。

*

警察来了，我们全员聚集在客厅，每个人的脸都因兴奋和紧张而变得惨白。尤其是辻井由之，整张面孔犹如死人一般。

独自在楼上吃完早餐的峰夏子也下了楼，唯有不曾见过尸体的她仍维持着冷静的表情。

安达香穗瑠的死因是勒颈造成的窒息，死亡推定时间是昨晚（应该说是今天凌晨）的零点至两点之间。这是法医的判断。

当身穿藏青色制服，戴着白手套的警察们调查案发现场的指纹和遗留物时，还留着些许胡茬没剃干净的中年刑警向我们提问。

他首先问了我们的姓名、住址、职业，以及在越智家逗留的理由。当了解完基本情况后，刑警稍微调整了一下坐姿，正式开始了讯问：

"那么，我想依次了解一下你们从零点到两点之间的行动。"

"是有关不在场证明吗？"

深泽明夫即刻问了一句。

"算是吧。"

意识到自己也是怀疑对象，我的胸口登时发闷。不过在这种情况下遭到怀疑也是没有办法的事。因为看不出半点自杀的迹象，而且从现场的情况来看，也很难认为是外来入侵者所为。

辻井用颤抖的声音回答道：

"昨天，当客厅的座钟刚敲响零点钟声的时候，我回到了二楼的卧室。当时，香穗瑠——不，安达也在，我和安达在房间前道别后，就立刻上床睡觉，没过十分钟就睡了过去。一直熟睡到天亮。"

下一个是熊谷。

"我十一点三刻洗了澡，出来的时间大概是零点刚过。"

"时间记得可真清楚。"

刑警带着揶揄的口吻说道。

"都是因为那个座钟。每隔一刻钟，钟声就会雷打不动地响一次，哪怕再怎么不情愿，也不得不关注时间。像我这种不戴手表的人，要不是这样，根本就不知道现在几点了。反正我洗完澡后，深泽就立刻进去洗了。大约一刻钟，深泽从浴室出来。然后我们就在这间客厅里玩起了双陆棋。上床睡觉的时间是在两点半左右。"

接下来是深泽。

"零点左右，辻井君和安达一起上楼，正好跟从浴室出来的熊谷君擦肩而过，这次换我洗澡，其余的事情正如熊谷君说的那样。"

然后轮到我了，野村日出子。

"我在零点之前，比大家先行一步回到卧室，一觉睡到了早晨。"

越智姐妹的陈述极其简单，都是"零点前上楼回到卧室"。

"刑警先生，我知道谁是杀害香穗瑠的凶手了，就是这个家伙。"

一直啃着大拇指指甲旁听的辻井突然抬起惨白的脸说了一句，随即把手直勾勾地指向熊谷雅人的鼻子。

"香穗瑠昨晚跟我在二楼分手后，又下了一次楼。根据熊谷和深泽的说法，熊谷在零点过后洗完了澡，然后换深泽去洗。这样一来，在深泽从浴室出来前的大约一刻钟的时间里，客厅里就只有熊谷一人。

"当时，香穗瑠可能是忘拿什么东西或者突然想起了什么事情，独自一人下了楼，然后和熊谷发生了争执。熊谷一怒之下，就把她——然后，在深泽回到客厅以前，他将尸体藏进了那个储物间里。"

"你这个混蛋，在胡说八道些什么？"

熊谷蓦地站了起来，刚想抓住隔着桌子面对面坐着的辻井，就被刑警呵止住了。

"瞧吧，这家伙是动不动就头脑发热的类型，头脑异常简单。昨天他还沾沾自喜地认为香穗瑠对他有意思，当得知她已经和我订婚后，就怒火中烧地把她……"

辻井把刑警的劝阻当成耳边风，唾沫四溅地说着。

"对，我想起来了，香穗瑠为什么又下楼一趟。是因为丝带，她想起自己把绑头发的丝带忘在客厅里了，于是下楼去取。"

"你说的丝带，指的是那条缠在受害者脖子上的黄丝带吗？"

刑警问道。

"是啊，就是那个，香穗瑠和我一起上楼的时候，并没有拿那条丝带，所以，一定是——"

"你别血口喷人了，我洗完澡出来的时候，哪都没看到那条丝带。"

熊谷满眼充血地吼道。

"不，应该是有的。深泽，你也看到了吧？"

辻井看向深泽。

"我吗……要是真有那样的丝带，应该会注意到的吧。但我觉得好像没有，或许只是我没注意到。"

深泽用暧昧的语调沉吟着回答。

"你好好回忆一下，香穗瑠是不是忘拿丝带，这点对于确定凶手是谁非常关键。"辻井急不可耐地逼问深泽。

辻井的话确实没错，记得香穗瑠洗完澡后，头发是散开的，丝带就拿在她的手上。可我在他们之前就上了二楼，之后的事情便一无所知了。既然那根丝带成了凶器，那么香穗瑠是否把丝带忘在客厅里就成了关键点。

"不行啊，我也说不清楚，只能说好像没有……"

深泽痛苦地说道。

"觉得好像没有，就等于说真的没有吧。这么显眼的黄丝带，要是真的存在，应该一眼就能看到。况且我一个人在客厅的时候，是不可能杀了香穗瑠藏进仓库的，这点峰夏子女士可以为我作证。"

说到此处，熊谷的态度已然平静了下来。

"怎么说？"

刑警问道。

"峰女士半夜下过一次楼，进了藏尸体的储物间，对吧，峰女士？"

5

被熊谷这么一问，夏子便直视着前方，使劲点了点头。

"那是在几点？"

刑警把脸转向了这位昔日的巨星。

"应该是两点前后，我在十一点多上床睡觉，半夜醒了过来。突然想起昨天早晨进过那个储物间，因为霉味太重打开了窗户。我担心可能窗有没有关。人一旦上了年纪，总会为一些无聊的事情操心，所以我便起身去确认了。"

"然后呢?"

刑警探出了身子。

"窗户果然是开着的，雨水飘了进来。于是我关上窗户走出储物间，还在客厅里和熊谷他们聊了一小会儿。回到卧室的时候应该是两点一刻，因为我听到了座钟的声音。"

夏子边说边将视线飘向远方。她的眼睛看着窗外，仿佛在眺望远方霞光笼罩的由比滨。

"您在两点左右进入仓库的时候，并没有看到受害者的尸体，对吧?"

"嗯。要是我看到了尸体，应该会发出野村小姐那样的惨叫声吧。既然我没有惨叫，应该就是没有发现尸体吧。"

夏子的言语中略带讥讽。我回想起自己发现尸体当时那忘乎所以的惨叫声，不禁涨红了脸。

"香穗瑠的尸体被藏在门后吧。如果只是稍微往里瞟一眼，是有可能没发现吧?"

辻井激动地说道。

"你可真是个浅薄的家伙，没好好听人家讲话吗?峰女士说，她关上了储物间开着的窗户。既然关上了窗户，不就意味着她进去过了?要是进去的话，就不可能发现不了香穗瑠的尸体。也就是说，那个时候香穗瑠的尸体并不在那里。对吧，深泽?"

熊谷面带嗤笑看向了深泽。

"是啊，正如峰女士和熊谷君所说，峰女士从那个房间出来的时候，没有任何不对劲的地方。要是当时安达的尸体就在那里，她不可能那么平静。在我看来，安达的尸体应该是趁我和熊谷都不在客厅的时候，也就是两点半以后，才被藏进那个储物间的。"

一直默然不语的深泽用手指推了推眼镜，谨慎地发言道。

"综合各位迄今为止的发言，我认为这样的推理是成立的。"

深泽看向刑警，似乎在询问能不能往下说，刑警抬抬下巴示意他继续。

"按我的看法，只要消除那些不可能作案的人，就能找出凶手。首先是我，正如刚才所说的那样，我在零点到零点一刻前后在一楼的浴室，正如各位所见，想从浴室走到二楼，必须经过客厅。话说还有其他的楼梯吗？"

深泽转向峰夏子询问道，但回答的是她的妹妹。

"没有，楼梯就只有这里。"

"也就是说，要是我假装进了浴室，实际是悄悄潜入二楼，无论如何都要经过客厅。可我在浴室的时候，熊谷君就在客厅里。然后，我洗完澡从浴室出来，就一直跟熊谷君待在一起。当然了，其间偶尔也会上个厕所，并非从头到尾形影不离。即便如此，单独行动的时间也只有短短几分钟。想在这短暂的时间里完成犯罪，那得是何等神乎其技的手法，是吧？"

众人都情不自禁地点了点头，六人中唯有深泽有不在场证明，可谓是最适合扮演侦探的角色。

"接下来是熊谷君，他只有十五分钟的作案时间，即我从零点到零点一刻在浴室洗澡的时候。正如辻井君所言，要是安达真的把丝带忘在了客厅里，在我洗澡的时间段下来取的话，那么熊谷君是有可能实施犯罪的。一刻钟的时间足够把她杀害并把尸体藏进那个储物间。

"但是，就在两点左右，峰女士进了那个储物间，当时尸体并不在里边。我不认为熊谷君会先把尸体藏在别的地方，然后再搬到那里。一楼虽然还有餐厅和其他房间，可如果客厅是杀人现场的话，离客厅最近的储物间就是最理想的藏尸地。从犯人的心理考量，很难想象他会把尸体藏在别的地方。

"综上所述，熊谷君也不可能是凶手。从结论来看，安达君是在零点至两点间被杀的，等到时间过了两点半，客厅里彻底没人了之后，再被转移到那个储物间。再进一步深究，凶手就在从零点至两点间身在二楼的人里……"

"可是，凶手为什么非得把在二楼被杀的香穗瑠特地搬下楼呢？"辻井问道。

"这点我也不是很清楚，凶手或许有非得这么做不可的理由。又或者只是打算把罪责推给身在客厅的熊谷和我。要是峰女士半夜没进仓库，熊谷君就是首当其冲被怀疑的对象吧？"

辻井咬着指甲陷入了沉默。

"这样一来，嫌犯就被锁定在二楼的四人之中了。首先是野村——"

我不禁吓了一跳。

"野村君或许是能杀死安达，但要是想独自一人把尸体从二楼搬到一楼的储物间，怎么看都是不可能的。安达的体形在女性中算是高大的，而野村君则是纤瘦的小个子。要把安达的尸体搬到楼下可不是一件容易的事。我想她应该是清白的。"

我做梦也想不到，自己那几乎被人误认作小学生的可怜体格会在这种地方帮了我一把。

"同理，峰女士和久代女士也适用于同一个理由，即便两位联手搬运尸体，从年龄上看似乎也有点……不，更重要的是，我不认为你们两个会对昨天才初次见面的安达君抱有杀意，那么，最后剩下的人就是——"

深泽有些难以启齿地闭上了嘴。

"我又有什么理由杀害香穗瑠呢？我们可是订了婚的，为什么要杀她？"

辻井脸色惨白地喘着气。

"也有一种说法叫'爱之深，恨之切'吧。你说你和她在楼上分开了，但真的只是简单地分开了吗？你会跟一个'订了婚'的女人如此痛快地分开？"熊谷说，"比方说，你把香穗瑠引到了你的房间，本打算和她你侬我侬，结果却起了争执，最后……"

"才没有！哪怕真是这样，我又为什么要把她的尸体搬到楼下呢？"

"当然是想把脏水泼到我身上。搞得我好像报复你横刀夺爱才这么做的。你这个肮脏的混蛋！装什么少爷！"

"等等，我还没断言辻井君就是凶手，只是说辻井君从时间和物理上看有可能作案……"

深泽慌忙插了句话，他似乎非常谨慎。

就在这时，我突然想起了某件事情。

"那个，我刚才说我一上床就睡到天亮，但实际上半夜醒过一次，大概是在两点半的时候，是被二楼的关门声吵醒的。"

"关门声？"

众人齐刷刷地看向了我。

"如果是两点一刻的话，是我回房间的声音吧……"

"不，不是两点一刻，就是两点半。我听到关门声的时候，看过枕边的手表。"

"那就应该不是我了……"

"辻井，是不是你？你是来查看客厅里有没有人的吧，在搬运尸体之前。"

熊谷像是反将了一军似的说道。

"不是我！我跟香穗瑠真的在房间门口分开了！然后躺到床上就再也没有起来，这些都不是谎话！"

辻井哭丧着脸，他这种从小娇生惯养的富家少爷一碰到点事就特别脆弱。

就在这时，一名警察过来报告说，在藏尸的储物间的电灯开关上没有检测出任何指纹。

"没有指纹？"

深泽反问了一句。

"也就是说，凶手是等峰女士进去后才把尸体藏起来的。因为若是在峰女士进去之前藏尸，那么开关上理应会留下峰女士的指纹。既然什么都没有，那就意味着凶手是在这之后把自己和峰女士的指纹一起擦掉了……"

"果然就是你吧。"

熊谷瞪向辻井。

"不是！不是我！"

脸色惨白的辻井晃晃悠悠地站了起来，就在这时，他突然向落地窗猛冲过去，速度快得令人咋舌，这般敏捷的身手完全不似向来稳重的他。

"他跑了，快追！"

几名警察乱哄哄地追在后面。

紧接着，外边传来了可怕的声响，像是汽车猛踩刹车的声音。

"辻井……"

深泽情不自禁地站了起来。

追上辻井的一名警察带着困惑的表情回来了，他的西服胸口沾满了血。

"他突然冲到车前，连阻拦的时间都没有。请赶快呼叫救护车。"

6

辻井由之的葬礼结束后，深泽明夫送我到了我家所在的东中野，在回去的路上，我邀请他去车站前的咖啡店里小坐。

那天，辻井从越智家的落地窗里冲了出来，刚跑到公路上，就不幸被车撞飞，内脏破裂而亡。据说他在送往医院的救护车上便已断气。比起送去司法解剖的香穗瑠，他的葬礼甚至早一步举行。

"这里的咖啡真香啊。"

我坐在最里边的座位上，一边用服务生拿来的湿巾擦着手，一边努力发出开朗的声音。

深泽却耷拉着头，满脸笼罩着阴云。

"辻井的父母真是太可怜了。"

尽管他的父亲竭力保持体面，他的母亲却是伤心欲绝的样子。辻井是老来的独子，而且从出生起就体弱多病，双亲像对待玻璃工艺品一样小心翼翼地把他拉扯长大。因此以这样的方式老来丧子，此中悲痛是可想而知的。

"是我不好，都怪我逼得太紧，都没给辻井自首的机会。"

深泽垂头丧气地说。

"深泽君，你当时的推理就像用双陆棋迫使对手认输一样，步步紧逼，让陷入惊慌的对手自掘坟墓……"

"我真的没有这样的打算。"

深泽把头压得更低了。

待咖啡端上来后，我们两个面对面沉默了一会儿，然后往各自的咖啡里加牛奶和糖。

"可是，杀害香穗瑠的凶手真的是辻井吗?"

我尽量不动声色地开口说。

"逃跑本身就等于认罪了吧? 如果他是无辜的，就用不着逃跑。"

深泽啜了口咖啡，然后说道。

"果真是这样吗? 但可以这么想吧，正因为他不是凶手才选择逃跑。辻井是少爷出身，性格懦弱，一想到被人怀疑成凶手就方寸大乱，然后没头没脑地逃出去了。"

"话虽如此，但从眼下的状况来看，除了辻井以外，其他人都没有行凶的可能，所以果然还是他……"

"真是这样吗?"

"真是这样吗? 难不成你……"

深泽抬起头来，将疑惑的目光投向了我。

"照我看来，总觉得辻井君不是凶手。"

我果断地说道。我决意将一切都告诉深泽。

"是吗?"

深泽的眼睛几乎从镜片背面飞了出来。

"深泽君，你真的没注意到吗?"

"没注意到，指的是什么?"

"有关峰夏子的事情。"

"峰夏子……?"

"她突然退出电影界的原因。"

"是因为导演冰见启辅遭遇意外事故身亡……"

"她为了坚守与冰见的爱情而决意退出电影界,可真是个浪漫的故事。但女人真能浪漫到这种地步吗?"

"你究竟想说什么?"

"换作我的话,即便心爱的导演死了,我也不会因此放弃演员的工作。人气下滑时期倒还好说,但峰夏子彼时的人气如日中天,正值大展宏图的时候。如果是我,即便换了导演,也会继续当女演员,她其实也想这么做吧。"

"可她并没有这样,她选择彻底退圈,从此再也没有回归电影界,那个没有冰见的电影界。她跟你不一样,是彻底的浪漫主义者。"

深泽的言语中带着讽刺。

"不是哦,峰夏子虽然想回电影界,却有无法回去的理由。"

"想回电影界却回不去的理由?"

"你没注意到吗?就在玩双陆棋的时候。"

"注意到什么?"

"你在教久代女士双陆棋的时候,峰夏子就在一旁看着吧。"

"嗯。"

"双陆棋的规则非常简单,哪怕是初学者,应该也能马上就能领会。尽管如此,当你将久代女士的白棋全都翻成你的黑棋,让整个棋盘都被黑色填满时,她却问'哪边赢了'。"

"……"

"为什么要问这种显而易见的胜负呢?不可能是她没能理解规则,毕竟是那么简单的东西。这样的话,我能想到的理由就只有一个,峰

76

夏子根本看不见眼前的双陆棋棋盘。"

7

深泽口唇微张看向了我。

"难不成，峰夏子她——？"

"她看不见哦。"

"可她又怎么能行走自如，还有那副玳瑁眼镜……"

"眼镜正是遮蔽失明的小道具，在自己住惯的家里，到处走动也没什么不便。这么一想，她不和我们共进晚餐的理由，以及第二天早上独自在房间吃饭的理由也就显而易见了，她是不愿我们看到她用不甚稳当的手法吃饭的样子。"

"可她为什么要隐瞒自己双目失明的事实呢？"

"或许是自尊心使然，她并非引退以后才丧失视力的，视力丧失才是引退的真正原因。在当年那场事故里，她只是撞到了头，受了一点擦伤。但事后视神经有可能出现了异常。头部受伤也会有后遗症对吧？或许她并不是突然丧失了视力，但她意识到自己的视力严重下降，已经没法继续做演员了，只得怀着万分悲痛的心情决意引退。只是她不愿别人知晓自己引退的真正原因。这时正好传出她与冰见启辅恋情的传闻，因此她利用了这条绯闻，扮演了一个坚守爱情的女人。比起因为失明而不得不引退，这样的理由给人的印象要浪漫得多。我是觉得，与其说峰夏子想做女人，倒不如说从始至终都是女演员……"

"那么，如果峰夏子真的双目失明的话，那她对于储物间的证词就……"

"会被彻底推翻吧。当夏子进入储物间的时候，香穗瑠的尸体搞不好已经在那里了。可尸体藏在门背后，所以夏子并不知道。要是尸体倒在房间的中央，她在关窗的途中就会被绊倒，然后意识到尸体的存在。"

我想起了夏子当时所说的话。

——嗯。要是我看到了尸体，应该会发出野村小姐那样的惨叫声吧。既然我没惨叫，应该就是没有发现尸体吧。

这并非讥讽，她只是说了实话——不对，其实也算是双重意味的讽刺。

"如果夏子真是盲人，那么储物间的电灯开关也就……"

"没错，意义完全变了。电灯开关上没有夏子的指纹，并不是因为凶手事后把她的指纹连同自己的指纹一起擦掉了，而是因为夏子从一开始就没留下指纹。对于眼睛全盲的她来说，电灯是无用之物，她甚至都没有触碰开关。"

"如果真是这样，那么在夏子进入储物间之前，安达君的尸体就已经在那里了。也就是说，真凶有可能就是熊谷。"

深泽无意识地用勺子搅拌咖啡，嘴里这般说道。

"是啊，也有这样的可能性。"

"不过，凶手仍有可能是辻井。当夏子进入储物间的时候，尸体不在那里的可能性仍是存在的。"

"对，两者皆有可能。不过呢，其实我还发觉了另一件事。"

"另一件事？"

"这事我没跟任何人说过，那天晚上，我还听到了一个奇怪的声音。"

"你说的是半夜关门的声音吗？"

"不是这个哦。在那声关门声响起的时候，我还听到了另一个声音。"

"另一个声音?"

深泽下意识地拧着手里的湿巾。

"是客厅座钟的钟声。"

"钟声……"

"你不觉得奇怪吗?"

"哪里奇怪了?"

"我被关门声吵醒的时候是两点半,你们离开客厅的时候是几点?"

"峰女士上楼后不久,大概是两点半之前吧。"

"两点半的时候,客厅里应该已经没有人了吧?"

"是的。"

"我好像听熊谷君说过,在睡觉之前,他把座钟拨到了静音,对吧?"

深泽的眼睛在镜片背后猛地张了开来。

"既然这样,那两点半的钟声又怎么会响呢?可我却在二楼听到了,本不该响起的钟声响了起来。"

"你的手表是不是走错了,又或者是听错了呢?"

深泽舔着嘴唇问道。

"都不可能。我没有听错,手表也没有走错。尽管如此,我仍听到了那本不该响起的报时声,就在两点半的时候……"

"这是怎么回事?简直太不可思议了……"

"是吗?本不该响的钟声响了起来,比任何人都清楚原因的,不就是你吗,深泽君?"

"你说什么……"

我仿佛听见了深泽君吞咽口水的声音。咖啡碟传出了轻微的响声，或许是因为他的手在微微发颤。

"因为就是你让那本不该响起的钟声响起来的。"

8

"我不太明白你的意思。"

深泽明夫那苍白的脸上勉强挤出一丝微笑。

"那就换种说法吧。那天夜里两点半之前，我在二楼听到了本该被熊谷君调成静音的座钟钟声。如果这不是我的幻听，也不是我的手表走错了，那么解开这个谜题的关键就只有一个——客厅的座钟走错了，也就是说，客厅的座钟走慢了一刻钟。"

深泽目不转睛地盯着我，就这样把咖啡杯送到嘴边。微微颤抖的手令里边的内容物洒出了些许。

"因此我听到的并不是两点半的钟声，而是两点一刻的钟声。当时我的手表显示的是两点半，但客厅里的座钟实际却指向了两点一刻。这样一来，关门声之谜也就解开了，那正是峰夏子从客厅回到房间后关上门所发出的声音。

"可问题在于，为何客厅的座钟会慢了一刻钟，至少那天夜里零点之前，那口钟的时间是准确的。而早上起床的时候，钟也没有走错。这就意味着，有人在那天夜里的零点至早晨之间，故意把钟的指针拨慢了一刻钟且又调回来了，对吧？"

深泽保持着沉默。

"也就是说，客厅的座钟只在某段时间内被某人有意调慢了一刻钟。那么，是什么人，在什么时候，出于什么样的目的做了这种事呢？那人不可能毫无缘由地调慢时钟。首先是动手脚的时间，零点以前是不可能的。

"时针被拨动是在辻井君和香穗瑠上楼之后，在这段时间里，只有熊谷君和你有机会。但熊谷君是做不到的，因为就算他动了座钟的指针，你也戴着手表，很快就会发现。而你却可以做到，熊谷君没戴手表，所以只要待在客厅里，就难以觉察到时间上的偏差。因此把客厅座钟调慢一刻钟的就是你，深泽君。"

深泽只是轻轻地眨了眨眼。

"你是我们之中唯一有不在场证明的人。但要是客厅的时钟错了，你的不在场证明也就不成立了。我记得你是这么说的，'零点左右，辻井君和安达一起上楼，正好跟从浴室出来的熊谷君擦肩而过'。其实并不是擦肩而过，熊谷君洗完澡出来的时候，已是辻井他们返回二楼的一刻钟以后。你通过拨动时钟指针，将自己在客厅独处的十五分钟抹去了。

"也就是说，熊谷君洗澡的时间并不是一刻钟，而是半小时。不过，没戴手表的熊谷君并未意识到这点。"

"你想说的是杀了香穗瑠的人是我？"

深泽用低沉的声音说道。我稍微有些退缩，因为这是我头一次听到深泽直呼香穗瑠的名字。

"香穗瑠跟着辻井君上楼后，大概是发现自己把丝带忘在客厅里了，所以才下来取吧。辻井君所说的一切都是真的。唯独不一样的是，当香穗瑠下楼的时候，独自待在客厅里的人并不是熊谷君，而是你。当时，你和香穗瑠之间发生了一些事情。恐怕香穗瑠突然宣布订婚所打击到的并不只有熊谷君一人……"

回想起香穗瑠突然把她和辻井的婚约告知我们的时候，深泽低下了头，不停地摆弄着双陆棋的棋子。那个时候，他的胸中或许激荡着一股不为人知的情感。

仔细想想，深泽是峰夏子的超级粉丝，不可能对颇有几分神似夏子的香穗瑠毫无兴趣。

"你把她的尸体藏进了储物间，因为那时熊谷君差不多该从浴室出来了，你便灵机一动，想到了通过拨慢时钟指针来制造不在场证明的办法。当熊谷君回到客厅时，自然没看见香穗瑠的丝带，因为那时丝带已经缠在她的脖子上了。

"可你怎么都没想到，没过多久，峰夏子竟会从二楼下来，走进你隐藏尸体的储物间。不，说不定你早就注意到夏子盲目的事实，还知道她试图隐瞒这件事。夏子在旁观双陆棋时的失言，连我都注意到了，你自然也没可能失察吧。深泽君，你是知道夏子的眼睛是看不见的。"

"真是吓我一跳。我是真不知道你居然这么能说，想象力还如此丰富。"

深泽的嘴角浮现出一丝僵硬的笑容。

"是推理能力好吧。"

"但这终究是纸上谈兵，证据在哪里呢？"

"关于峰夏子的眼睛，想要调查并非难事。"

"就算知道夏子的眼睛是盲的，也不能仅凭她的证词丧失了可信度，就证明我是凶手吧。而且客厅的钟慢了一刻钟，这只是你的一面之词，并不是充分的证据。两点半听到钟声也好，手表没有走错也好，这些不过是你的主观判断。当然了，这些全是你妄想出来的东西。"

"是这个道理。不过要是我把刚才对你说的那番话告诉警察，应该不至于被无视吧。案子可能会换个角度重启调查，有可能会找到对你不利的证据哦，比如在那口座钟上发现你的指纹什么的。"

"你打算这么做吗？"

深泽恶狠狠地瞪向我。

"也行哦，为了恢复辻井君的名誉。如果照现在的方式解决的话，辻井君和他的父母未免太可怜了。"

"既然这样，为什么不立刻去报警呢？但我觉得警察没空理会你的胡思乱想。"

"那我真的可以这么做吗？"

"请便。"

对峙持续了一段时间。深泽率先移开了视线，我轻轻地叹了口气。

"好吧，算了。老实说，辻井君的名誉什么的我根本就不在乎，这不关我的事。所以刚才说的话就仅限于这里吧。"

深泽瞬间露出惊愕的表情，我瞥了一眼手表。

"哎呀，已经八点半了！"

"才八点一刻。"

深泽看着手表说道。

"啊，是吗？真倒霉，我的手表走错了吗？说不定当时真的走错了呢。毕竟是初中开始用的，是时候买个新的了。"

深泽目不转睛地盯着我看，我站起身来说道：

"那我走咯。要是方便的话，你能送我回家吗？我想领你见见爸妈。"

*

敲门声自黑暗中传来。

接着是合页的咯吱声，妹妹走了进来。接着是一阵叮叮当当的餐具声，她似乎把早餐带来了。

然后是窗帘拉动的声音，妹妹只为自己将阳光迎入室内。

"终于可以迎来安静的早晨了。"

我对默默地把餐巾塞进领口的妹妹说道。

"所以我才叫你别让不认识的学生住下啊。"

这几日里，在年轻人和警察的轮番折腾下，妹妹的声音显得有些沙哑。

"事情不是已经过去了吗？偶尔来点这种刺激倒也不赖。跟你两个人朝夕相处，有时候都分不清自己是死是活。"

"我可不想再经历这种刺激了。"

"话说回来，那个叫辻井的学生真是凶手吗？"

我舀了一勺浓汤送进嘴里，味道非常棒。妹妹不愧是烹饪的天才。

"不清楚。"

久代用冷淡的声音回应道，仿佛已经不在乎了。

"当我走进储物间的时候，那个女学生的尸体已经在里面了吧？如果在的话，辻井君就不是凶手了……"

"我不知道。"

妹妹粗手粗脚地帮我擦拭着沾满浓汤的嘴角，力道大得几乎要扯掉嘴唇。

"尸体肯定不在那里，所以凶手果真还是那个叫辻井的学生吧。"

"要是姐姐这么想的话，那就是吧。"

"那个叫深泽的学生，说话的声音听起来很像冰见，你不觉得吗？"

"是吗？冰见的声音我早忘了。"

"那脸像不像呢?"

"一点都不像,他是个戴着眼镜,一脸穷酸相的小个子男生,随处可见的那种。"

"是吗……"

我有些失望,相似的就只有声音吗?

"哦,我懂了,为什么一向反感外人的姐姐居然会把不认识的学生邀请到家里来。"

久代作弄似的说道。

"昔日恋人的声音,历经四十年也忘不了啊。"

"你有过那样的人吗?"

这回轮到我作弄她了。

妹妹以沉默代替回答。我比谁都清楚,在妹妹的人生中,从未有过那种男人的痕迹。人生空虚得让人惊愕。

"大家都被你骗惨了,姐姐到死都是女演员呢。"

妹妹迅速转移话题,发出了阴郁的笑声。

"是啊,到死都是演员。"

我也跟着笑了。没错,我只是女演员,除了演员什么都不是。从十六岁起,我就一直在演戏,表演了各种角色。而最后的主角,就是"因恋人导演之死而放弃演员之路的女人"。

我至今仍在扮演这个角色。

"我是唯一一个知道姐姐幕后故事的人吗?"

妹妹喃喃地说。唯有家人知道我退出电影界的真正原因。那场事故后不久,父亲就去世了,如今知道这事的唯有妹妹。

"是啊……"

但就在这时,我突然想到,要是妹妹知道她其实也不过是被我这个女演员所欺骗的观众之一，又会露出怎样的表情呢？遗憾的是，我看不见她的表情。

那天，事故发生的前一刻，我和冰见启辅之间究竟说了什么，要是这些话被妹妹知道的话……

那个时候，冰见突然有些羞涩地对我说：

"我得正式向你父亲提出请求。"

"咦，什么？"

"请他把爱女嫁给我。"

瞬间的喜悦让我打了个激灵，之后冰见淡然补充的一句话却让我的脑海一片空白。

"不过我还是有些不安，也不知道她有没有这个意思。小久好像挺讨厌我的。"

"久代？"

"小夏，你能不能委婉地问问她，看她有没有结婚的意思……"

事故就是在那之后发生的。

当时，我为何要猛打方向盘呢？明明没有什么需要躲避的东西……

冰见打算选择久代作为终身伴侣，我对他而言只是新鲜的素材。我们之间从一开始就不存在浪漫。

这段成为事故原因的简短对话，我从未告诉过任何人，当然也包括妹妹。不，应该说尤其是对于妹妹。

今后我也将继续沉默吧。我实在离不开既当拐杖又当眼睛的妹妹。与其独自被留在黑暗中，倒不如一死了之算了。而且，我还得继续扮演"因恋人导演之死而放弃演员之路的女人"这个角色。舍弃这个角色之时，便是我的生命谢幕之刻。

"吃好了吗?"

我点了点头,妹妹开始收拾餐具。这个至死都不知道自己曾是某个男人一生所爱的女人,正拖着疲惫的脚步离开房间。

关门声回荡在冥冥的黑暗中。

第三章　邻家杀人

1

起初是"咔嚓"一声，像是什么东西碎裂的声音。

辰巳敦子情不自禁地停下了手——刚伸向白天忘收进来的衣服，望向了隔壁的阳台。在秋夜的幽暗中，隐隐飘来桂花的甜香。

包围着铁栅栏的长方形混凝土阳台上，填满了客厅的窗框投下的黑色条纹。

"什么？不是说和那个女人分手了吗？你这个食言的混蛋！"

紧随着那声响动，响起了一个尖锐的女声。

有纪太太？

敦子怀疑起自己的耳朵。因为这是她头一遭听到绪方有纪发出这样歇斯底里的声音。平时她是个轻声轻气，态度淡然的女人，光听声音还以为是另一个人。

仿佛要盖过女人的高音似的，一个低沉失措的男声支支吾吾地传了过来，应该是丈夫康久吧。虽然听不太清，但勉强能听出他是在说：

"别这么大声，隔壁会听见的……"

"听见了又怎样！我要让整个公寓的人都知道你是个多么卑劣的

男人！"

"喂，别这样，我们冷静点说……"

邻居家的两口子似乎正吵得不可开交。

敦子慢腾腾地拿着晒好的衣服，全神贯注地听着。

"我要把你的所作所为全都说出去！"

话音刚落，客厅的玻璃门发出了"嘎啦啦"的响声，玻璃门上出现了一个女人白皙的手指。看来有纪正打算走到阳台上，敦子慌慌张张地躲到了白床单的后面。

"停下！别做这种丢人的事情！"

康久慌张的声音紧随其后。

"放手！丢人现眼的到底是谁？"

"你别太过分了……"

"放手！"

在一阵"放手""停下"的激烈推搡后，突然响起一声刺耳的"混蛋"，是男人在怒吼。紧接着传来了"咚"的一记沉闷的撞击声，接着是一声"唔"的痛苦呻吟。随后，一切归于寂静，再也没了任何声响。

这是怎么了……敦子抱着仍未干透的衣服，呆然地站在原地。

就在这时，在隔壁敞开的玻璃窗中，赫然出现了绪方康久的脸庞。在他那苍白而软弱的瘦脸之上，黑框眼镜几乎滑落到鼻尖的位置，久未打理的蓬松头发几乎伸进了眼睛。

他就像一只胆怯的小动物从巢穴内往外窥探，与敦子对上眼神的瞬间，眼神中掠过一丝惊慌。

"啊，晚上好。"

敦子从紧绷的喉咙中硬挤出了声音。

"晚上好……"

康久含含糊糊地嘟囔了一声，飞速缩回头去。在这之后，玻璃门传出了异样的滋滋声，缓缓阖了起来。敦子松了口气，脱下拖鞋慌慌张张地走了进去。

究竟发生了什么呢……总感觉有些古怪。在争吵的巅峰，隔壁夫妇的吵架声就似突然断绝一般，突兀地停下。还有那个"咚"的怪声，呻吟声，就好似有纪遭遇了什么不测……

敦子将满怀的衣服扔进客厅，一屁股坐在了上面，红色的裙子在白色的衣服中犹如一朵绽开的鲜花。

总感觉隔壁人家有点怪怪的……

好奇心骤然涌上心头，要不要去打听一下发生了什么呢？但要是问得不够得体，又会让邻居家的男主人知道自己曾在阳台上偷听他们的对话，这就太丢脸了。可又不能这样放任不管，只能认为有纪身上真的发生了什么……

两年前，敦子搬到了石神井公园附近的出租公寓。半年后，绪方夫妇搬到了隔壁。

他们是一对年纪相仿的夫妻（绪方康久三十八岁，妻子有纪三十四岁，另一边，敦子三十五岁，丈夫优一三十六岁），而且都是已婚多年且未有子女。或许正是因为这个共同点，两家人每月都会互相邀请对方到自家共进晚餐。

夫妻俩虽年纪相仿，但生活方式却恰好相反。敦子夫妇过着相当平凡的生活，妻子是家庭主妇，丈夫是公司职员。而绪方夫妇那边，则是妻子在外工作，丈夫守在家里。

一直看到丈夫康久待在家里，起初敦子还觉得可疑，可当得知他的职业后，马上就释然了。他是一位童话作家，既然是作家，家里自然就是职场。他似乎是用本名写作，但销量寥寥。他曾送给敦子一本书，书名叫《橡子山的槌子蛇》。光听名字就觉得毛毛的，内容也同样枯燥乏味。

要是这本书能大卖就是奇迹了。敦子勉强读完后，情不自禁地这样想。不过对于那些患有育儿神经衰弱而失眠的年轻母亲，或许能在给孩子讲故事哄睡的时候，在浑然不觉中沉沉睡去……

而另一边，有纪则是毕业于美术大学的珠宝设计师。她和朋友在西新宿共同经营着一家小小的饰品店。

有纪虽算不上美人，但穿衣品位很好，给人以争强好胜，文雅时髦的印象。

即便如此，敦子仍旧很在意。

敦子开始机械地叠着丈夫的汗衫，并随手扔了出去。

个子不高体重却不小的优一极易出汗，刚洗好的内衣两侧很快就会发黄。

最近，敦子对丈夫的衣服既懒得洗也懒得叠，经常偷懒，内裤什么的也不愿触碰，经常用手指捏起来，飞速塞进衣柜。

有了！

敦子想到了"侦察"邻居家的绝佳借口。她将视线投向了刚才还在织的苔绿色毛线球。和笨手笨脚的敦子不同，有纪很擅长编织，敦子此刻正在织的毛衣（当然是织给自己的）也得到了她的指导。这个正好可以当作借口。

敦子来到了公寓的走廊上，这里也像忘了拧上香水瓶盖似的飘荡着桂花香。

敦子按响了305室的门铃，过了片刻（感觉中间隔了相当长的时间），里边传来了门链脱开的声音。绪方康久慢吞吞地从开得细细的门缝里探出头来。

"那个，这么晚打扰真是不好意思。我想找有纪太太……"

说是很晚，其实仍不到九点。

康久的脸上掠过一丝疑惑的阴霾，由于长久宅家的缘故，气色相当不好。不知是不是心理作用，他的脸色看起来比平时还要苍白扭曲。

他在白色衬衫外边披着艳丽的黄色开衫，过于鲜艳的黄色令瘦削的脸庞显得更加病态，开衫的肩部对于男性而言显得过于纤细，仿佛随时都会滑落。

"请问有什么事？"

门依旧微微敞开，邻居家的男主人用谨慎的声音问道。

真是太奇怪了。他居然问了来意。换作平时的话，他往往不问事由就把有纪叫出来，要么直接放她进去。唯独今天，他却挡在了门口……

"我不太懂这里的编织方法，所以想请教一下有纪太太。"

敦子煞有介事地把手上的编织物拿给绪方看。

"真是不巧，如果是这样的话，能不能明天再说呢？有纪那家伙好像感冒了，说自己头疼，刚刚吃了药就睡下了，实在不忍心叫醒她。"

头疼？吃完药睡了？疑问在敦子的脑海中盘桓。她尽量露出亲切的笑容，即刻说道：

"好吧，实在不好意思……"

"哪里，我才是。"

康久焦躁地用一只手撩起了盖在眼睛上的刘海。就在这时，敦子的目光停留在了某物之上，情不自禁地捂住了嘴角。

"血……"

"啊?"

康久反射性地顺着敦子的视线看去。

"胳膊肘上有血。"

敦子用几乎颤抖的手指向那里,黄色开衫的胳膊肘上有着明显的红色污渍,邻居家的男主人正弯着右臂,目不转睛地盯着自己的胳膊肘,用若无其事的声音说道:

"别吓人嘛,太太,这是番茄酱……"

2

番茄酱?

回到房间后,敦子又一屁股坐在了散乱的衣服上,嘴里喃喃地说着。这些年来,她在不知不觉中养成了自言自语的习惯,有时候发出的声音甚至大得能把自己吓一跳。

那真是番茄酱吗?显然是在说谎吧。那是血,毫无疑问是血斑。没有发黑,所以应该是刚沾上的。

难道是有纪的血?刚才那砰的一声,还有呻吟,是不是在推搡的时候摔倒或者受了什么伤呢?男主人为什么要撒谎说是番茄酱?当然了,夫妻在吵架中受伤这种事情,确实不好公开宣扬。尽管如此,还是有些奇怪,男主人的脸色异常苍白。虽说他平时的脸色就不太好……

敦子仿佛终于想起来似的,开始以机器人的手法折叠衣服。内衣归内衣,衬衫归衬衫,袜子归袜子,手帕归手帕。

手上重复着十年如一日的动作,思绪在空中徘徊不休。此刻正是每期必看的周三推理剧场的开播时间,可现在她连这茬都忘了。

还有，有纪感冒吃药后睡下的说法绝对是假的，这怎么可能呢？刚才还在大呼小叫的人，突然就"头疼"了……

头疼？头疼是什么意思？据说人在撒谎的时候，也不会完全脱离现实，尤其是在仓促的时刻。即便使用假名，也会情不自禁地使用一部分真名或是朋友的名字。

那么，康久为了不让有纪出现在门口而找的借口，其言语里是否包含着某些现实呢？

"头疼"一词，是否意味着"被打到了头"？

或许有纪是被康久推倒在地，倒地的时候磕到了硬物。那声呻吟不正是头部遭受撞击时发出的吗？

敦子的脑海中闪过了有纪倒在客厅边柜旁的情景，如果说邻居家的客厅有什么硬物，也只有阳台附近的那个气派的橡木边柜了吧。

电视上的杀人场面早就见怪不怪了。受害者通常会瞪大眼睛（为什么不闭眼呢），大多数时候，都是嘴巴或者太阳穴附近缓缓淌出一道鲜血……

康久肘部的血迹，是不是试图扶起瘫软的妻子时不慎沾上的呢？也就是说，康久在冲动之下杀死了妻子？

太荒谬了，又不是电视上的凶杀片，也不是口袋本推理小说。怎么能随随便便发生谋杀呢？更何况是在亲密的邻居家！

尽管如此，敦子的空想，或者说是妄想正愈演愈烈。

假使有纪的尸体被发现，又会发生什么呢？警察会上门，公寓会闹得鸡飞狗跳。由于和邻居有来往，说不定还会有刑警找到自己。在这之后，电视台的记者和周刊杂志的记者也会蜂拥而至……

——你和邻居很熟吗？

——还好吧，偶然一起吃个饭什么的。

——绪方康久是个怎样的人？

——怎样的人？我还以为他是个老实认真的人呢，完全看不出会做这种事……

——受害者的妻子呢？

——她是开朗的人，挺和善的，不过也有点强势……啊，请不要报道这些。

她做出用一只手遮挡逼近的镜头的动作……不对，等等，会走到这一步吗？这毕竟是基于绪方康久杀害妻子有纪的事实（?）被揭露的情况……可关键的问题是，康久是否有意将这可怕的事实（?）公之于众。

换作是我，应该会选择隐瞒到底吧。

敦子情不自禁地大声嘟囔着，把自己都吓了一跳。

人死不可复生，我可不想因此毁掉自己的一生。有谁会自首呢？我会逃走，直到追诉时效过去。绪方先生也是这么想的吧，所以才撒了那样的谎。

这么说来，康久是不是打算把有纪的尸体秘密处理掉呢，可他该怎么做？

有纪的个子挺高，体格就像一头肥硕的海牛。康久的个子虽然并不算矮，但与妻子相比，他的体格瘦弱得让人不敢相信两人平常吃的是一样的饭。再加上那双纤细的手，仿佛生来就只握过笔和筷子，虽然算不上小白脸，却也是手无缚鸡之力。

更关键的是，这里是三楼，抬走有纪的尸体想必困难无比。无论选择多么晚的时间，由于这间公寓住户众多，哪怕是深更半夜也难免有人走动……

不过还是有一个方法的，即将有纪的尸体"分割"后运出去即可。这样的话，既不容易被人发觉，重量上也应付得来。只要把分割后的尸体装进垃圾袋或其他什么袋子里，哪怕途中遇到什么人，看起来也像是去扔垃圾一样。

或许，此刻的康久正把有纪的尸体拖进浴室，在那里脱掉衣服，要说用来切割的工具，果然还是锯子吧……

然而，隔壁却沉寂得令人感到毛骨悚然，毕竟这里是公寓，还不至于轻易听到隔壁的动静，但这也太过安静了……

想到这里，敦子突然摇了摇头。

——我到底在想什么？邻居家发生谋杀？太荒谬了，现实中怎么可能发生这种事。只是随处可见的夫妻吵架而已，康久一定是不想让别人知道家丑才撒了那样的谎。

是啊，肯定是这样。胳膊肘上的红色污斑，说不定真的是番茄酱……

敦子脸色苍白地环顾四周，不知何时，洗濯好的衣服全都不见了。习惯真是可怕，好像只有手在擅自移动，将洗好的衣服叠好收进了衣柜。

令人害怕的习惯还有一个。敦子忽然大梦初醒般想起今天是追剧的日子，周三推理剧场即将开播。她看了眼时钟，已经过九点了，于是急忙抓起被扔在桌子上的遥控器。

打开电视，屏幕上跳出了一个帅气男演员扭曲着脸的特写，从鬓角青筋暴起，牙齿外露的模样来看，应该是像往常一样勒着女人的脖子。

敦子百无聊赖地盯着屏幕，不出所料，接下来是一张中年女演员面孔的特写，她的表情和男演员比也不遑多让，眼熟的领带正缠绕在她血管鼓胀的脖子上，这个女人的假睫毛非常夸张，每当她左右摇头的时候，那形似屋檐的假睫毛与其说是颤动，倒不如说是扇动。

虽然觉得无聊，但敦子还是情不自禁地盯着屏幕。

回过神来的时候，电视剧已经迎来了老套的结局。

"虚构的东西果然没有真实感啊……"

敦子打着哈欠，关掉了电视。

又看了眼时钟，已经快十一点了。优一什么时候回来呢？他是一家大型电机公司的销售人员，是个如今已不甚流行的企业战士（连这样的词汇都快成死语了）。他总是在低血压的敦子起床之前离家，晚上则在敦子进入梦乡之际回来。

敦子忽然抽了抽鼻子，有淡淡的腐臭味。似乎是积攒的厨余垃圾开始发臭了。是时候出门扔垃圾了，因为早上起不来，所以现在就去吧。

她提着黑色垃圾袋走到了门口，吸饱水的垃圾沉重至极，没办法，还是一袋一袋地搬吧。

敦子边想边抓住了门把手。

邻居家似乎也传来了开门的动静。是305号房，都这个点了，是谁呢？

敦子把头悄悄探出门，眼中映出了朝电梯方向行走的男人的背影。那人穿着黄色开衫，是绪方康久。就在这时，敦子的心怦怦直跳。

那是因为绪方康久的双手提着两个黑色的垃圾袋。里面似乎装满了吸足水分，看起来非常沉重的厨余垃圾……

3

好似从睡梦深处被硬拽出来似的，敦子醒了过来。

敦子揉着隐隐作痛的太阳穴，翻了个身，看向了枕边的座钟。

时间已经将近十点半了，沐浴在阳光下，白色蕾丝边的窗帘显得格外耀眼。

讨厌，又睡过头了。

敦子看了一眼旁边的床，那里当然没有丈夫的身影，甚至看不出睡过的痕迹。

敦子好似旷课的孩子般不情不愿地坐起身来。如果可能的话，真想无所事事地躺上一天。

敦子穿着睡衣，拖着沉重的步子缓缓走到浴室的洗脸台前。镜中的自己发丝凌乱，眼角爬满皱纹，完全是一副中年女人的模样。

真是惨不忍睹的一张脸。

土色的嘴唇上突然浮现出一抹浅笑，这副模样，就算被优一叫成"大妈"也没办法，活脱脱就是大妈的样子……

可事到如今，就算变美了又能给谁看呢？

敦子又自言自语地嘟囔了几句，拿起牙刷随意地塞进嘴里，视线自然而然地落在了丈夫那把带有蓝色花纹的牙刷上。

牙刷已然磨损得相当严重。

该换新的了。

敦子拿起那支蓝牙刷，随手抛进了身边的垃圾桶。

她满口泡沫地刷着牙，却在途中皱了皱眉，用力吸了吸鼻子。

好臭。

是厨余垃圾的气味，昨晚终究还是未能把垃圾扔出去，现在去扔又太晚了。今晚一定要扔掉……

厨余垃圾。

对了。

敦子昏昏沉沉的脑袋突然一惊。昨晚打算出门扔垃圾的时候，碰巧看见了隔壁的男主人。他正双手提着两个沉甸甸的垃圾袋，走向电梯。

——那黑色的袋子，真的只是"厨余垃圾"吗？为什么康久会在那个时间扔垃圾？难不成里边是被肢解的有纪……

不不，太假了，这是不可能的。居然能若无其事地把装尸体的袋子拿到垃圾场，简直胆大包天！不过那两个袋子也不见得会带到楼下的垃圾场吧，说不定他会拎着那东西前往停车场，开车将其抛弃到某个不为人知的地方……

简直荒谬，我大清早都在想什么呢？不管跟谁说，都会被嘲笑是妄想。邻居家居然会发生凶杀案，而且康久居然将有纪的尸体肢解后装进垃圾袋扔掉了。

要是现实主义的优一听到这话，又会作何感想？他肯定会一笑置之，就像之前我鼓起勇气问他是不是在外边有女人时，被他嗤之以鼻。

然后，他肯定会说"你有什么证据吗"，然后哈哈大笑，边笑边用讥嘲的眼神看向我，嘴里这般说道：

"你是不是脑子坏了？"

证据。对，只要抓住证据就行了，昨天邻居家是否发生了凶杀……哎，我真是个傻瓜。不是还有一个确认有纪是否"活着"的简单方法吗？只需打电话到新宿那家她和朋友合开的店就行了。她总是说自己每天十一点左右到店，只要有纪接起电话，那就皆大欢喜了，一切都是我的妄想。

记得以前她送我的饰品目录应该还收在某处，上边印着首饰店的联系方式。

敦子急忙漱了漱口，奔向西式衣柜所在的客厅，然后依次拉开抽屉翻找起来。

有了，就是这个。只要往这里打个电话就行。十一点还没到，再等等吧……这样一来，一切都将水落石出。

她焦急地等待时间过了十一点。当指针指向十一点一刻的时候，她就像束缚被解除的狗般扑向电话机。假使有纪还活着，此刻应该已经到店里了。她用颤抖着的手拨打了号码。呼叫声过后，那边传来了电话接起的声音。

"你好，这里是有纪珠宝。"

接电话的是一个装腔作势的女声。由于有纪出资较多，因此店是以她的名字命名的。这个声音是有纪吗？感觉不像……

"那个，绪方有纪女士在吗？"

"您是哪位？"

"我是有纪女士的朋友辰巳，翻看商品目录的时候看到了想要的东西……"

要是有纪在的话，那就买个便宜的时尚戒指吧。

"真是不巧，绪方因为感冒正在休息，请问要哪款呢？"

因为感冒休息了？电话的那一头似乎是与有纪合资的女性。有纪并不在店里！

"请问是有纪女士亲口说自己感冒了吗？"

是不是她亲自打电话说的？敦子带着这样的意图问道。

"刚才她的丈夫捎来了这样的口信，那么，请问您想要的款式是……"

由于自称是有纪的朋友，对方爽快地回答道。有纪并没有直接打电话来，是康久打来的。也就是说，这位合伙人并没有听到有纪的声音……

"喂?"

话筒那头传来了声音,但敦子并没有理会,而是直接挂断了电话。

这是怎么回事呢?有纪因为"感冒"在家休息,这与康久昨晚的说辞并不矛盾。要是有纪的"感冒"真的很重,乃至卧床不起,那么康久深夜出门扔垃圾倒也能说得通……

可是!

这并不能证明有纪"平安无事",果然,她莫非已经……

话虽如此,要是康久真的杀了人,又能隐瞒多久呢?两三天或许还能以"感冒卧床"的理由搪塞过去,但要是有纪一直不去店里,刚才那个合伙人或许也会觉察到异样,甚至这栋公寓的住户也……

想到这里,敦子突然"啊"了一声。说起公寓的住户,和他们走得近的不就只有敦子夫妻俩吗?她家和其他住户几乎没什么交流。在这一点上,敦子一家也差不多。与自家往来密切的,就只有隔壁的绪方夫妇而已。

再说这里是出租公寓,什么时候搬离都不足为奇。虽说关系不错,却也谈不上感情深厚。一旦搬离,便是关系的终点。

可那位合伙人毕竟难以欺瞒……就在这时,敦子的脑海里掠过一个奇怪的推理,昨夜在阳台上听到的有纪的台词,记得是"不是说和那个女人分手了吗"。

两人似乎因康久的女性关系起了争执。这是常有的事,就连敦子夫妇也刚刚为这事大吵了一场。(康久和优一都算不上成功男人,凭什么觉得自己够格拥有情人呢……)

有纪所谓的"那个女人",或许就是刚才电话中的那位。这与其说是推理，倒不如说是下流的揣测。但也并非不可能。如果是妻子的工作伙伴，康久想必也经常碰面吧。或许在不知不觉中跨越了界限，"变得亲密起来"，也不是什么怪事。

要是那位合伙人真是康久的情人，事情就复杂了。他可能已经向对方坦白了杀妻的事实，那人自然也会想方设法保护这个男人……

避人耳目地让绪方有纪突然从这个世界消失的办法也不是没有。比如，有纪经常去海外旅行，恰可以利用这点，制造出她在异国他乡失踪的假象。要是做得漂亮，就连身在外地的有纪父母都能瞒过。

绪方康久或许正在不动声色地实施一桩完美犯罪。

才不能让他得逞！这样的话，被杀的有纪岂不是太可怜了？有没有什么办法可以揭露康久的罪行？

但是现在还没有到报警的阶段。要是惊动了警察，一旦发现一切不过是自己的妄想，邻里关系恐怕很难恢复如初，搞不好还会因为待不下去而搬家。

不行，不行，还不能报警。总而言之，必须先确认有纪的"生死"。

敦子脱掉睡衣，匆匆穿上衬衫和裙子，脑子里思索着再次拜访邻居家的合适借口。

有什么好办法呢？必须找到一个能够亲眼确认有纪是否平安的借口。但怎么都想不到。无论哪个理由，似乎都能被康久巧妙地搪塞过去。

有了！

她想到了一个借口。虽然没法直接见到有纪，不过可以凭借这个观察康久的反应，以此判断有纪是否活着。要是康久对这个提议表现出犹豫或拒绝，那他就非常可疑了。毕竟到现在为止，他从来没有拒绝过……

敦子走出家门，按响了 305 号房的门铃。和昨天一样，过了好一会儿，邻居家的男主人才小心翼翼地打开了房门。

按响门铃后过了许久才出来，显然是通过门上的猫眼确认来访者。敦子自己也是一样。只要门铃响起，她必然会这么做。

"有纪太太的身体好点了吗？"敦子尽可能地挤出笑容问道。康久的太阳穴似乎跳动了一下。因为还不到中午，他仍穿着蓝白条纹的睡衣。

"已经好些了，但似乎还起不了床……"

多半是永远都起不来了吧。

"您还要工作，应该很辛苦吧。听说今年的感冒很顽固。如果有需要的话，我正好有空，可以帮忙照顾有纪。"

康久不想劳烦似的摆了摆手。

"不用，这就不必了，没关系的，谢谢您的心意……"

果真如此，早料到他会这么说。对方似乎无论如何都不愿让自己见到有纪。

"这样啊，那等有纪太太感冒好了，我们久违地聚个餐如何？什么时候都行，只要是您方便的日子就可以。"

敦子一边说着，一边紧盯着男人的脸，不放过哪怕一丝一缕的肌肉动作。

康久的脸上浮现出动摇的神色，镜片后面的眼睛正骨碌碌地转动着，就似口渴难耐一般，他频频用朱红的舌头舔着嘴唇。

"可是，优一君好像很忙。"

"哎呀，我家那位怎样都好，就我们三个人也行。"

敦子在"三个人"上加重了语气。

来吧，能拒绝尽管拒绝。明明迄今为止从未拒绝过任何一次聚餐

103

的邀请。

"这个嘛……"康久小心翼翼地说道,"等内人身体好了,我们去拜访您吧……"

他的语气中明显带着不情不愿的感觉,声音和面容都相当警惕。

奇怪,绝对不对劲。面对吃饭的邀请,他是头一次表露出如此不情愿的态度。

"那么,还请保重。"

敦子的话音未落,康久便砰的一声关上了门,像极了逃回巢穴的松鼠。

敦子的疑惑逐渐转为半确信。

4

玄关的门铃响了起来。

敦子停下了拨动编织针的手。是优一吗?

她反射性地看了一眼时钟。时间才刚过九点,对优一来说太早了。是收报纸费的吗?但这种收费通常在傍晚,似乎从来没这么晚过。

是什么人呢……

敦子放下编织物,来到了玄关。门铃再度响起,像是等不及了。敦子凑近门上的猫眼向外看去,不由得吓了一跳,赶紧把脸移开。只见对面的人也像是窥探猫眼似的把脸凑了过来。

来者是绪方康久。

都这么晚了,他有什么事……

敦子满腹疑团地打开了门。

刚看到把门打开一条缝探出头来的敦子,康久便立刻行了个礼。

"有什么事吗？"

"优一在家吗？"

丈夫？

"不，他还没回来。"

"咦，是吗？刚才我下楼买烟，看到你家的车在停车场上，还以为他已经回家了呢。"

康久边说边挠了挠头发，头皮屑飘落在深蓝色薄毛衣的肩头。

"最近他经常喝完酒才回家，所以就把车放下了。那个，你找家夫有什么事吗？"

敦子仰头看向了比自己高出一个头的邻居家男主人。

"我本想借些高尔夫的录像看看，他还没回来那就算了。"

"绪方先生，您要开始打高尔夫了吗？"

敦子惊讶地问道，她回想起上次一起吃饭的时候，康久曾经说过"我最讨厌打高尔夫，每次在电车里，看到那些得意扬扬地抱着笨重的高尔夫球包的家伙，就直犯恶心"，现在他居然开始打高尔夫了？

"我记得您说过讨厌高尔夫……"

"现在也不喜欢。事实上，我打算出去上班了，写着永远卖不出去的童话书也不是办法。是时候打住了。我有个远房亲戚在某家公司当董事，应该可以通过走后门挤进去……"

"哦，这样啊，所以高尔夫是……"

"要成为上班族，就不得不打高尔夫吧……"

邻居家的男主人边说边挠了挠头。

"不好意思，我倒是愿意借，但家夫不让我随便碰他的录像收藏。"

"没事，不用介意，反正也不是特别着急。话说回来，优一君每天都这么晚回家，应该很辛苦吧。"

康久越过敦子的肩膀投出了窥探的眼神。

"是啊，今晚估计也得半夜回来。"

"这样啊，太太您也辛苦了，丈夫回家这么晚，夜里不太安心吧……"

男人的眼睛在镜片背后闪烁着异样的光芒。

"是啊，不过也没办法吧，毕竟是工作。"

敦子虚弱地笑了笑，事实上，为什么会迟到这个地步，她也弄不清楚。

"对了，有纪太太怎么样了？"

丈夫的话题只会徒增不快，因此敦子改变了话题。

"承蒙关心，烧好像退了。嗯，再好好睡一天，应该就恢复了吧。"

"不需要去看医生吗？"

"看起来没那个必要，而且她对医生有些抵触……"

康久避开了敦子强烈的目光。

"啊，对了，有纪托我带个话。"

男人像是突然想起这事，若无其事地继续说道：

"有关白天提到的聚餐，要是可以的话，周六来我家吧。"

"来你家吗？"

敦子有些意外地问了一句。

"是啊，内人是这么说的。上个月是在您家吃饭，这个月该轮到我们请客了吧。周六的话，内人的身体应该恢复得差不多了，优一也正好休息。我们四个久违地聚个餐吧。"

四人一起？天晓得能不能凑齐四个人……不过隔壁的男主人竟然这样邀请我聚餐，难不成有纪出事真的只是我的妄想吗？就在敦子这么想的时候——

"内人说她要好好露一手，因为那将是我们最后的晚餐。"

康久这般说道。

"最后的晚餐？"

听到康久淡然说出的话，敦子抬高了音量。

"是啊，其实一直没能告诉您，我们要搬家了……"

"搬家？"

敦子几乎尖叫起来，居然是搬家……？

"没错，这个月底我们就要离开这里了。"

"可、可是，这事我还是第一次听说。"

"对不起，我们早就商量好了，但总找不到机会说。"

"您打算搬到哪里去呢？"

"大阪。"

"大阪？"

"是啊，因为我的新工作在大阪。"

"那有纪太太的店怎么办？"

"哦，据说会转让给合伙人。反正那家店也没什么赚头……"

"那个，您要搬到大阪哪里呢？"

"哦，具体地点等安顿下来再通知您吧。"

康久含糊其辞地说道。

"总之周六那天优一也要一起来哦，最后的晚餐就在我家办吧。"

邻居家的主人说完，便低下头说了声"再见"。敦子像是被狐狸魅惑一般，茫然地关上了门。

搬家……太突然了，有纪从未提起过这事。难不成……一度打消的疑虑像漆黑的毒蛇一样再度昂起了头。

如果康久对自己的妻子做了什么，那么从那个家里搬离也是理所当然的行为。毕竟没人能一直淡然地生活在发生过凶案，而且在浴室里进行过"肢解尸体"的家里。

而且有纪的失踪有可能会引起左邻右舍的怀疑。到了这个地步，也只能选择搬家了吧。

有纪的店据说会转给合伙人。多么好的借口！如果那个合伙人是他的同伙，那么有纪不在店里也不再有人怀疑。

——最近怎么没看到有纪女士。

——她因为老公工作的关系搬到了大阪，所以店就盘给我了，哈哈哈。

这样一来，事情就解决了。

果不其然，康久可能杀害了有纪。如此着急搬家不就证明了这点吗……

只是，令人费解的是，康久为何要在周六特地邀请敦子夫妇共进晚餐。要是有纪已经不在人世，她是不可能为"最后的晚餐"大展身手的。既然如此，他为什么要说这样的话呢？

但是……等等，今天是周四，离周六还有两天。他有可能打算先麻痹我，趁此期间半夜偷偷搬家。

麻痹我？

想到这里，敦子骤然萌生了惧意。这么说来，他似乎知道我觉察到了他的罪行。当时我正站在阳台上，跟从玻璃门探出头来的他四目相对。他可能事后意识到被我看穿了一切。

康久知道了！

我正在疑心他犯下了杀妻之罪。

要是没有我，他的罪行就有可能瞒天过海。

被恐怖的念头袭击，敦子从沙发上一跃而起。

——就在刚才，他莫名地关心起优一是否回家。他的眼神越过我的肩膀，好似在窥探着屋内。还有那个高尔夫球录像也很不对劲。一个如此讨厌高尔夫的人，突然心血来潮地想打高尔夫，总感觉有些古怪。

那会不会只是他登门的借口呢？为了什么？当然是为了确认优一有没有回家。啊，我怎么会说出那种蠢话！

——今晚估计也得半夜回来。

我居然主动告知自己的丈夫将要晚归！

当时康久的眼神闪过一道异样的光芒。他随后又说：

"这样啊，太太您也辛苦了，丈夫回家这么晚，夜里不太安心吧……"

不太安心？那是什么意思？

敦子感到鸡皮疙瘩爬满了全身，情不自禁地望向阳台。阳台虽不与隔壁相连，但距离相当近。只要有心的话，从隔壁潜入并非难事。

要是有人三更半夜从阳台闯进家里呢？

想到这里，敦子便坐立不安起来。她飞身冲向靠近阳台的双开玻璃门，慌慌张张地关上了防雨窗，即便如此，仍不能彻底放心。

哪怕打开电视也没法集中精神，些微声响就能吓得她身体一震。

——妄想，全都是我的妄想。

即便这般告诉自己，不安之情依旧挥之不去。

这种日子，真希望优一能早点回来！

敦子用双手紧抱自己的身体，打心底里这样想。可是无论等待多久，丈夫都没有回家的迹象。

当时钟指向十一点时，电话铃声突然大作。

是优一吗？敦子被并不刺耳的声音吓得打了个激灵，望向了电话的位置。

不可能是优一。他才不是那种不管多晚都会打电话回家的丈夫。只在婚后的短短数年，他才对自己如此上心。

敦子战战兢兢地拿起了话筒。

"你好，这里是辰巳家……"

电话那头阒然无声，却能感受到某人在屏息。

是无声电话吗？

"喂喂？"

传来咔嚓一声放下听筒的声音。谁？敦子的脑海中瞬间浮现出绪方康久撂下听筒的模样。

他是不是听到我的声音就挂断了？刚才真是康久吗？他是不是想确认优一有没有回家，确认我是不是独自一人待在这间屋子里……

零点过后，敦子上床睡觉。当然怎么都无法入眠。钢制的大门上了两重锁，通往阳台的玻璃门外也装了防雨窗，就算康久打算袭击，他又能从哪里进来呢？

睡吧，睡吧，别想多余的事情。

即便迷迷糊糊地打起了盹，不知什么时候，绪方康久的黑影伫立在了床边——在这般幻觉的肆扰下，敦子从睡梦中猛然惊醒。

结果，直到天色微明，她都没能入睡。待听到某处传来的鸡鸣时，敦子才意识到优一彻夜未归。

他并不是因为喝酒才晚归了，果然是去那个女人家里过夜了吧，这几天毫无疑问都是这样。早上醒来看不到丈夫的身影，是因为他根本没有回家。

他肯定是从那个女人的家直接去上班的，那个长发及腰，比我年轻十岁的女人。

敦子想起来了，三天前，优一难得早归，之后两人大张旗鼓地吵了一架。末了，优一撂下一句"我要跟她一起住"，然后收拾起了行李。

——我怎么会忘记这件事呢，丈夫不会回来了。无论等待多久，他都不会回来。等来的只会是离婚协议书而已……

想到这里，苦涩的泪水浸湿了枕头。

5

周六的傍晚终于到了，晚餐定于六点开始。最终，康久并没有连夜逃走，也不曾袭击敦子。

——果然是我想多了吧。并不曾发生谋杀，一切都是我的妄想。不过，真伤脑筋啊，他们也邀请了优一，该怎么说呢？总不能说自己的老公连家都不回去其他女人家过日子了吧。我是被抛弃的糟糠之妻，老公跟年轻漂亮的女人跑了。得找个借口才行，比方说出去应酬打高尔夫什么的，巧妙地糊弄过去吧。

敦子坐在镜子前，镜面上已然蒙了一层薄灰。自己已经多久没照镜子了？她久违地擦上脂粉，涂好口红。那张雀斑浮现，疲态尽显的中年女人的面孔，转眼间变得光彩照人。

——我还没有到被抛弃的地步。真想让优一看看我这副精心打扮的样子。他那个年纪的男人，跟小自己十岁的女人在一起，想必很快就会厌倦的吧。过不了多久，就会默默地跑回家来……

敦子特地选择了最艳丽的红色，一个劲地涂抹在嘴唇上。腮红选粉色也太平淡了。她特地挑了深一点的橘色，沿着颧骨仔仔细细地刷了一遍。

看着变作陪酒女模样的自己，敦子对着镜子嫣然一笑。

当她按响 305 号房的门铃时，这回康久很快就开了门。当她看见敦子浓妆艳抹的妆容和大胆的红色低胸连衣裙时，似乎吃了一惊，但旋即恢复了笑容，笑着说了声"请进"。

餐厅的桌子上点缀着奶油色的玫瑰，摆在白色盘子上的刀叉在灯光的映照下熠熠生辉。

还有瓶装的葡萄酒，深红色的光晕彰显着奢华。

"请问，有纪太太呢?"

敦子环顾四周，并没有看到有纪的身影。

"她说忘了买配牛排的西洋菜，刚刚赶去了附近的超市。别管她了，反正很快就会回来的。对了，优一君呢?"

康久反问了一句。

"他从一大早就有应酬，打高尔夫去了。也算是工作吧，他让我代为向绪方先生问好。"

敦子流利地撒了谎。

"是吗? 那太遗憾了。真是辛苦啊，周六还要工作……"

"虽然名为工作，不过他本人还是挺享受的。"

"哎，没办法，那就我们三个人吧。"

"嗯，三个人。"

敦子微笑着坐在了椅子上。

"话说回来，有纪那家伙真慢啊。买一把西洋菜要花这么久吗……"

邻居家的男主人盯着手表咂了咂舌。

"别干等了，我们先开始吧。"

康久把手伸向了红酒。

"哎呀，那可不太好，得三人到齐了才能开始。毕竟是最后的晚餐嘛。"

"是吗？也是哦，能像这样和辰巳太太聚餐，好像也是最后一次了。还是希望优一君能一起过来……"

"嗯……"

无言的沉默降临到相对而坐的两人身上，沉重不堪。

"有纪太太，真慢啊……"

敦子再也耐不住沉默，率先开了口。不知为何，她的喉咙异常干渴。

"是啊……说什么马上就回来，怎么办呢，要不先听听唱片吧……"

伴随着嘎吱的响声，邻居家的男主人从椅子上站起身来，走到客厅里的老式音响前，背对着敦子开始物色唱片。

敦子骤然萌生了奇妙的疑虑。

有纪真的还活着吗？

餐厅里确实摆放着看起来像是有纪准备的餐具和鲜花，但这样的事情康久也能做到。

难不成……

音响突兀地传来了音乐声。虽然是古典风格的音乐，但声音出奇地大。敦子吓得差点从椅子上跳起来。

为什么要弄出这么大的动静？简直像是要掩盖什么声音似的……

掩盖什么声音？没人看到我走进这里，要是康久不打算让我离开这个房间的话……

不可能！这种"蠢事"怎么会发生在我的身上，因为他并不知道优——直住在那个女人家里，他不可能在这里对我动手，但是，或许……

那天，优一和我在客厅的阳台边大吵起来，然后优一大喊道"够了，我受够了，我走，我要跟她一起住"。要是他在隔壁听到了这些话……

优一不回家的事被他知道了！

敦子被这般突然闪现的疑惑吓了一跳。我真是蠢！这不就等于自投罗网吗？

康久果然杀害了有纪，而且，知道这件事的我也……

音响的声音太大了，这样的话就算大喊大叫也会被掩盖掉！

"夫人……"

突然，后颈传来了男人手的触感。敦子吓得动弹不得。

要被杀了！

就在这时，玄关的门被猛地推了开来。

"我回来了。不好意思，回来晚了，忘记今天是休息日了，超市里买不到西洋菜，我又去了趟车站前的蔬菜店。"

循声看去，站在那里的人确乎是绪方有纪。

绪方康久一边给敦子展示手里捏着的东西，一边说：

"你的肩膀上有一根线头……"

6

敦子在绪方家吃完晚餐，回来的时候已经过了八点。她醉醺醺地坐在沙发上，恍若置身于梦境之中。

绪方有纪那无忧无虑的笑声伴随着苦笑在脑海中回放着。

"你以为我被杀了？还是我老公下的手。"

在酒意的加持下，敦子把迄今为止的疑惑都说了出来。有纪说完这话，便笑得前仰后合，一时间停不下来。

"我家那位别说是自己老婆了，就连一只虫子都不敢杀，亏你想得出来。"

"对、对不起。虽然有些失礼，那天我在阳台上听到了你们的吵架声。不是故意偷听的哦，只是正好去取忘了收的衣服……"

"床头吵架床尾和嘛，真是不好意思。当时我情不自禁地上了头，还大吼大叫。"

"那个'砰'的响声是怎么回事？之后好像还听到了类似呻吟的声音，我还以为……"

"哦，那个啊。就是我和老公推搡的时候摔了个屁股蹲。头确实磕到了门板上，只是撞了个包而已。"

有纪一边嚼着血淋淋的牛排，一边若无其事地说道。

"那么，康久先生胳膊肘上的红色污斑也……"

"所以我都说是番茄酱了嘛，真的没骗你哦。"

康久边说边放下酒杯。

"那天晚餐我做了煎蛋卷，一定是当时淋的番茄酱沾到胳膊肘上了。"

有纪补充道。

"原来是这样……"

"不过，要是康久真的杀了我，你不觉得尸体很难处理吗？"

有纪似乎对自己成为受害者的事情感到非常有趣。

"所以说，可以在浴室里进行肢解……"

"肢解？"

"这样搬运起来会比较方便……"

"太过分了。"

"对、对不起，我想象得太离谱了……"

"真的，敦子太太一副老实巴交的样子，却能想象出这么惊人的事情呢。"

"可是，那天夜里，我看见康久先生拎着两个大垃圾袋出去了，我还以为……"

"那就只是垃圾而已。我一直懒得扔，结果就攒了这么多。我和老公吵架的时候摔了一跤，头疼了起来，因为在餐边柜上磕到了头，起初我以为是这个原因。但后来感觉有点发烧，一量体温，发现烧得厉害。所以我吃了药就睡了，垃圾就拜托老公扔了。他说早上要睡懒觉，不愿起来，所以才这么晚出去扔，就是这么简单。"

真相居然如此无聊。哪怕是突然搬家的事情，也是早已有之，只是碰巧没能告知敦子而已。

——唉，这四天里，我一直被一场不存在的谋杀吓得惶惶不可终日，总是看到根本不存在的凶手的影子。

敦子一边松了口气，一边却略带失望地嘟囔着。

失望？

——我在知晓有纪无恙之后感到了失望？

对于内心微妙的波澜，敦子感到不寒而栗。

或许是日常太过无聊，平淡得难以忍受，才会沉浸在这可怕的妄想里吧。她一心期盼着自己身边能发生点什么，那种真正惊悚的事情……

但这些悉数是自己的妄想，谋杀并未发生，一切都回归原点，回到了优一缺席的日常之中……

话说回来，康久的女性关系似乎是他们争吵的缘由，那个问题解决了吗？敦子怕问得太露骨，所以就没开口。从两人刚才的亲密程度来看，似乎是历经风雨愈加牢固了。

——真羡慕啊，我这边才是最糟的状况……

但是，就连那个有纪，一旦知道丈夫有了别的女人，也会暴怒成那个样子。

敦子想起了有纪当时歇斯底里的怒吼，不由得噗嗤一笑。女人都是一样的，一到那种时候，马上就乱了阵脚，简直像换了个人似的……

换了个人？

就在此刻，恶魔突然在敦子耳边喊喊低语。

那并不是有纪，而是另一个人。自己被那两个人骗了。太天真了，完全被摆了一道。

敦子从红酒带来的愉悦醉意中骤然惊醒，不禁愕然。她的脑海中闪过了一个新的疑问。

——那天，那个在阳台附近叫喊的女人。

她真的是有纪吗？

当时自己确实听到了有纪或是像是有纪的女人声音，却没见到她的身影。看到的唯有那个女人正在试图打开玻璃门的白皙指尖。

那人真的是有纪吗？

由于她在和康久吵架，自己自然而然地把她认作妻子有纪，但如果那其实是另一个女人呢？

当天，有纪是不是回来得更晚？而当妻子不在的时候，康久的情人找上了门。

彼时，那个女声好像说了这样的话——

"什么？不是说和那个女人分手了吗？你这个食言的混蛋！"

这话既可以理解成妻子指责丈夫的背叛，亦可理解成情人得知被男人背叛后情不自禁的叫嚷。

"那个女人"该不会指的是有纪吧？康久是不是曾表露出要和有纪离婚，去跟那个女人长相厮守的意愿。而他在最后关头反悔了，得知被骗的女人闯进男人家中，然后发生了争执，康久一不留神将她杀了。

敦子脑海中的杀人形式彻底翻转，黑化为白，白转为黑。被杀的并不是有纪，而是另一个女人！

康久果然杀了一个女人，然后，他的妻子有纪为了包庇丈夫而提供了协助。那天夜里，有纪从店里回来，发现了死在自家的女人。康久想必向妻子坦白了一切。说自己不慎杀害了闯入家中的情人。这件事好像被邻居发现了。听到这些，为了不让丈夫成为杀人犯，有纪想到了一个计策。

她会不会利用我误将那个女人认作了有纪，故意假装感冒，试图让我相信被杀的是自己呢。

然后，当我的怀疑抵达最高点时，她在我面前现身，让我相信这一切都是自己的妄想。以自己无恙为由，试图让我相信谋杀并未发生。

但谋杀确实发生了。

只是受害者不同而已。死者并非妻子，而是情人。康久的情人被杀，一定是肢解以后扔到什么地方去了。那天深夜，他提着的垃圾袋里装着女人的尸骸，搞不好有纪也帮忙肢解……

敦子回想起有纪快活地分割着盘子里的半熟牛排的模样。每次下刀，白色的盘子就变得鲜血淋漓……看得她不禁扭过头去。不知为何，渗血的肉块令人作呕，甚至比口水还要恶心。有纪却喜滋滋地将其送进嘴里……

她究竟麻木到什么程度？

而敦子几乎将所有半熟的肉都剩了下来。

——啊，我又在想何其荒唐的事！

敦子摇了摇头，试图驱散不断涌现的漆黑念头。

这一定也是我的妄想，邻居家两口子看起来很幸福，我才会满怀嫉妒地想象着这种事情。看着两人其乐融融用餐的情景，我情不自禁地想着，优一和那个女人此刻也是这样吧……所以我才无法容忍这两个人安然无事的幸福……

是时候停止这样的妄想了。无论邻居家有没有发生谋杀，都与我无关。那两人下个月就不在这里了。要是他俩真是杀人犯，搬到大阪后应该就不会再跟我联系。这样也就罢了。

某个叫不出名字的女人失踪，只不过是这样而已。这样的空想就该趁早打住，今天就好好泡个澡，早点睡吧。

邻居家发生杀人案什么的，仔细想想，真是荒谬啊。

敦子一边喃喃自语，一边站起身来，向浴室的方向走去。她想起自己已经一连几天没洗澡了。

7

"敦子夫人要是知道我们搬家的真正原因，想必会大吃一惊吧。"

邻居家主妇离开后，绪方有纪一边把用过的碗碟转移到水槽，一边说道。

"是吧。"

康久也一边帮忙收拾，一边点头。

"喂，真的非搬不可吗？我真的很喜欢这里的公寓……"

"还说这种话干什么？你不觉得恶心吗？这种地方我是一天都待不下去了。"

就似不敢相信妻子的麻木不仁，康久抬高了嗓门，然后用窥探般的眼神望向浴室的方向。

"不过就算要搬，未免也急了点吧。会不会引起怀疑呢？"

"从刚才的情况来看，似乎没有怀疑的迹象。她好像把我们的话都当真了。"

"你说的工作调动并没有错吧，只是搬家的地方不是大阪……"

"说成大阪就行，反正我们一旦离开这个地方，就再也见不到她了。我今后不想跟她有任何瓜葛。刚才那个女人的脸你也看到了吧，妆容跟小丑似的。开门的时候，我差点吓得叫出声来。"

"妆化得是浓了点。"

"不是浓不浓的问题，是不正常。总感觉那个女人有哪里不对，我早就有这样的感觉了。"

"可是你的话我还是不敢相信啊，像她那种看起来很老实的人……"

"绝对错不了，那天我正好在阳台上抽烟，听到了隔壁的吵架声。大概是八点那会儿，就在你回来前不久。"

"这事我听你说过好几次了。哎呀，太浪费了，牛里脊很贵的。"

有纪一脸可惜地扔掉了盘子里的牛排残渣。

"隔壁当时吵得不可开交。优一正和那个女人大声争执。虽然我没刻意偷听，但站在阳台上自然就听到了。"

"是为了邻居家男主人的女性关系吵起来的吧？夫妻吵架的原因大多数都是这样。"

有纪略带嘲讽地看着正帮忙洗碗的丈夫。

"又提这个了。好吧，我只是普通拈花惹草，但隔壁一家却不是那么回事。吵架的内容相当严肃，不久，我听到了优一君的吼声。"

"'够了，我受够了，我走，我要跟她一起住'对吧，听得耳朵都要起茧了。"

"奇怪的是在那之后。自从优一君吼完这句话后，就彻底没了声音……"

"所以优一先生是在盛怒之下离家出走了吧。"

"不，不可能。在那之后，我一直站在阳台上，要是优一真的出去了，我应该能从阳台上看见他的身影。而且从那天起，他的车就一直停在停车场上。他应该是开车通勤的吧。这岂不是太奇怪了吗？"

"她不是说，那是因为优一先生经常喝酒晚归吗？"

"还是太奇怪了。自从那天晚上以来，我就再也没有见过优一君的身影……"

"所以，你就以借高尔夫录像带为借口去隔壁打探，甚至半夜打无声电话是吧。"

"我只只是想确认优一君是否还活着。我不知道他职场的电话号码。我也在想他是不是真的出于工作原因晚归，但无论如何就是没法释怀。"

"于是你就想到了邀请他们夫妻聚餐，对吧。"

"是那边先提出来的。而我因为你卧病在床，再加上那个女人总让人不太自在，所以就没有心情。不过仔细想想，这也是确认优一君是否还活着的好机会。以前邀请他们一家聚餐的时候，没有哪次不来的。定在周六的话，工作的借口也用不上了。但是优一君并没有出现……我非常确定，这绝不是妄想。"

"你的意思是，在那场争执之后，敦子夫人对她老公做了那种事吗？"

"只能这么想了吧。那个女人最近的言行举止很是古怪。刚搬来的时候，我还以为她是个安静和善的太太。但后来就越来越奇怪了。你白天不在家，有可能不知道吧。"

"要是敦子太太真把她老公那样了，又该怎么处理尸体呢？像她这种柔弱无力的女人……"

"办法她刚才不是说了吗？"

康久的目光飘向了扔在塑料袋里的里脊肉碎块，上面渗出了鲜红的血渍……

妻子的视线也追随着丈夫看了过去。

"你觉得她为什么剩了这么多牛排呢？"

"她不是不喜欢牛排。记得有一回，我们去隔壁做客的时候也吃了牛排。那个时候敦子太太吃得可香了，大口大口地往嘴里送……"

"要是那些牛里脊让她想到了什么，有可能是咽不下去……"

"那么，她果真……？"

"除此之外，也没什么办法了吧。说起柔弱无力的女人把男性的尸体运出去的办法……分装在几个垃圾袋里，多搬几次，然后用优一君的车，丢到没人看见的地方。"

"是呢……"

有纪皱起眉头，看向丈夫刚才望过去的方向。那是邻居家浴室所在的方位。

"也就是说，敦子太太刚才对我们说的那些话……"

"都不是妄想，是她自己做过的事……"

两人面面相觑，脸上露出了惧意。

"这种事真的不用报警吗？如果你的推理没有错，那可太不得了了。"

"我不要，我讨厌警察，不想被牵扯进去。比起这个，我更想尽早离开邻居可能杀过人的恶心公寓。"

"就算你这么说，我还是没法相信隔壁发生了谋杀，而且还是那个平凡老实的敦子太太，杀害并肢解了自己的老公……"

*

敦子将手按在玻璃门上，在开门之前，她踌躇了片刻，但最终还是一口气推开了门。

她好奇地打量着沾在白色干毛巾上的某个黑色的东西。

——这是什么？

真恶心，简直就像……为什么这里会有这种东西？

瓷砖的白墙上有一个小巧的手印，就似将红黑色的颜料涂在手掌上然后按上去的。她伸出手去，发现印迹恰好贴合她的手掌。

——是我的手？

就在此刻，伴随着一阵眩晕，所有的记忆一齐涌上心头。

那是丈夫说完"我要跟她一起住"，开始收拾行李之后的事。

优一粗鲁地打开衣柜，将衣服塞进行李箱。敦子凝视着优一微胖的背影，手握菜刀步步逼近……

当时落在丈夫内衣上的血迹，即便洗涤也无法去除。

她想起来了。

想起了自己试图遗忘的一切。

然后，她尖叫起来，一遍又一遍地叫着。

第四章　那孩子是谁

1

“阿姐。”

门外传来了幺弟的声音。

我停下了解开衬衫袖口纽扣的手，怔怔地望向庭院，然后突然回过神来。

从我房间朝南的窗户可以清楚地望见一棵古老的枣树，那是昔日祖父亲手种下的。

花季到了。

淡黄色的小巧花朵绽放得十分旺盛。

“就在刚才，本乡的姑母打来了电话。”

幺弟双手插在洗褪色的蓝色牛仔裤前兜里，慢腾腾地走了进来，嘴里这样说着。

虽说年纪三十有四，但无论何时看他都是一头乱发，打扮得像学生一样。

“她要你回去后马上联系她。”

“哦。”

“她怒气冲冲地问你，关于那件事，你打算拖到什么时候。”

“我还在犹豫。”

“听说这回是点心店老板的儿子?”

幺弟露出了嘲讽似的眼神。

“她说那人很有匠人气质,是个踏实可靠的人,阿姐,你喜欢吃甜食吧。嫁到点心店的话,金锣烧和大福饼都能吃到死哦。”

“又不是十五六岁的小姑娘,谁会因为这种理由就定下终身大事?”

“你该不会又要拒绝吧?”

“是吧……”

“姑母用刺耳的声音大喊大叫,说什么对方也很上心,还请考虑一下自己的年纪。她还说,要是你打算拒绝,就再也不会帮忙了,这是最后一次。”

我叹了口气。不惑之年近在眼前,或许这真是最后的机会。

“她还顺便提了一下,敦没到现在还没娶媳妇,就是你这个做姐姐的一直在前面顶着的缘故。”

“她真的这么说?”

我将信将疑地反问道。幺弟挠着耳后根,试图掩饰过去。

“别把自己没人要的原因扣到别人头上。”

“真是姑母说的。”

“当真?”

“听说那人的前妻去世了,没有孩子,店里也有很多熟客,生意相当不错。”

“是吗?”

“那边还说你可以继续工作。”

“这些都是场面话吧。”

“你到底有什么不满?”

"没什么可不满的，只是总觉得下不了决心。"

我这般回答道，将视线转向了刚才就一直眺望着的庭院。

我并非不愿结婚，或许我是不愿因为结婚而离开这个家。我想待在这里，留在能看见那棵枣树的地方。我有必须这么做的理由。

那个孩子会来到这棵枣树下。每年六月三日，那孩子就会出现。

我必须待在这里，继续守望着她。

是我让那孩子夭折于七岁之龄，这是我仅有的赎罪方式。

2

那孩子头一次出现在那棵树下，是十七年前的六月三日，正好是那孩子周年忌的午后。

法会结束后，我一边换衣服，一边漫不经心地向外望去。我看见在淡黄色花朵开始绽放的树下，静静地伫立着一个瘦小的女孩。

站在那里的女孩约莫六七岁，身穿白色长袖衬衫和红色裙子，头上戴着黄色帽子，背上背着沉甸甸的红色书包。白色帆布鞋上沾满了泥土，就像刚从雨后的道路走过。

是哪来的孩子呢？

思绪流转至此，我骤然觉察到那个孩子是谁，吓得心脏差点停止了跳动。

是她。

我绝不可能看错。

那张肤色白皙，眼睛浑圆的脸，就是摆在她家佛坛上的那张照明里的脸孔。

这怎么可能！

那孩子怎可能站在这里！

一阵寒意划过脊背，我紧靠在窗玻璃上。

"小美！"

我想这般呼喊，却怎么都发不出声音。

那孩子低头伫立于此。片刻之后，她的身影好似映在水中的倒影一样微微晃动，紧接着倏然没了踪迹。

我浑身寒毛直竖，直愣愣地盯着那孩子消失的位置，也就是那棵枣树。

这是第一次。从那以后，我每年都会看到那孩子。她总是在自己的忌日现身，总是出现在那棵枣树之下。

那孩子总是突然降临，随即好似被夏风吹散般突然消失不见。

不可思议的是，每次出现时，那个孩子都在长大。最早是黄色的帽子和书包，不知不觉变成胸口系着深青色的蝴蝶结的初中水手服，不久又变作了高中制服。

圆脸逐渐变得瘦长，短发也由耳畔长到了肩膀。那孩子正日渐美丽，尽管如此，她仍旧耷拉着头，一副落寞的样子。

就这样，从二十三岁开始，这十七年来，我一直注视着她。家里有父亲、母亲，还有一个小我六岁的弟弟。但从没有人看见过她，能看见她的仅我一人，一直都是如此。

我觉得这一定是那孩子的魂灵。她是含着怨恨出现的，若非如此，她不应是这般落寞的模样。

老师，你为何不救我？为何任由我死去？我本想活得更久一些。

站在枣树下的她，正以这般寂寥的表情，无休无止地诉说着……

3

"该不会——"

幺弟突然开口道。

"你该不会还忘不了那个孩子的事吧?"

"啊?"

我惊讶于幺弟敏锐的直觉,情不自禁地回过了头。

"她是叫相泽美代子吧?"

"……"

一时间,我无言以对。

"忘了她又如何?考虑一下你自己的幸福吧。"

"跟那孩子没有关系。"

"是吗?我可不这么认为。今天放学的时候,你是不是顺路去她家了?是为了给她上香吧。就算那孩子去世时你是她的班主任,也没必要做到这种地步吧?事情已经过去十七年了,那起事故并不是阿姐的错。"

"不,就是我的错,要是我当时没做那种事的话……"

没错,要是当时的我不做那种事,那孩子也不会死,她不该殒命于七岁的年纪。

那孩子是我回母校担任小学老师后的第一届学生。开学典礼那天,被我紧张而颤抖的声音第一个点到名字的就是她。

相泽美代子。

这个名字我一生都无法忘却。自从她去世后,我变得害怕翻看点名簿,这个被黑线抹去的名字仿佛在向我诉说着什么。

——老师,当时你为什么要叫我?为什么要呼喊我的名字?只因老师叫了我的名字,我才……

那天,十七年前的六月三日,我的疏忽将一个学生逼上了死亡的道路。

放学后，走出学校的我匆匆回家。归途的两侧商店林立，而我的视线越过稍宽的道路，停留在了对面的人行道上。一个女孩正在走路。

女孩独自走在我前面数米远的地方，事后我才知道，那孩子刚从朋友家出来，正在回家的路上。

小美？

女孩洋装上的图案和乍看之下的侧脸，令我立即想到了班上的一个学生。点到她名字的时候，她会睁大眼睛，精神饱满地回答"到"。彼时的我刚记住了三十个学生的名字和面孔。

就是小美。

我确信无疑，然后不管不顾地大喊着那个孩子的名字。那条路交通繁忙，我不该叫她的名字。

年幼的孩子在道路对面被熟人呼唤之际，会本能地作出怎样的反应，我本该立即想到才对。

那个孩子回过了头。看到我，她的表情瞬间一亮。那孩子非常喜欢我。

"老师!"

那孩子这般叫着，用力挥着手。

然后——

下一个瞬间，那孩子的身体已然冲到了道路上，宛如弹起的橡皮球向我径直奔来。那孩子直直地看着我，眼里只有我的身影。而我呆立在原地，最后看到的一幕，是与信号灯的红色光辉一同绽放的如花笑靥。

在凄厉的喇叭声中，我飞向了空中。当时的感觉只能用飞来形容。我感觉不到脚底的地面，只是不顾一切地冲到马路上。我手上传来了仿佛抓住那孩子身体的感觉，那样的触感仍残留在指尖，随之而来的猛烈撞击令我失去了意识。

醒来之际，我躺在医院里，身边是闻讯赶来的母亲和幺弟苍白的面容。

我们两人都被来不及刹车的轻型卡车撞飞，我奇迹般地只受了脑震荡和轻微挫伤，那孩子却重重地倒在了马路上，头部遭到重击，当场殒命。

我没能救下这个孩子。不，不对，要是当时我不曾轻率地呼唤她，那孩子也不会冲到马路上，也不会卷入那样的事故。是我杀害了她。

4

幺弟低声嘟哝了几句话。

"什么？"

我反问了一声，幺弟凝望着枣树的方向。

"我感觉树下看到的并不是亡灵哦。"

"你的意思是，那是我因负罪感而萌生出的幻觉吧。"

我头一次向幺弟提起降临于树下的少女，是他还在上大学的时候。

当时，幺弟对只有我能看到的亡灵给出了这样的解释。

——这应该不是亡灵，因为每次出现的时候都有成长吧。如果真是亡灵的话，不该维持死前的样子吗？我还从来没听说过会成长的亡灵。

——那按你的意思，那孩子是怎么回事？

——一言以蔽之，她是由阿姐的负罪感创造出来的幻觉。那孩子的名字和我们家有枣树这两件事，成了你看到这种幻觉的契机。

——怎么说？

——是歌。

——歌？

——我们家不是有很多童谣的老唱片吗？

——因为妈妈喜欢听。

——小时候，我们经常听吧，虽然歌有很多，但阿姐最喜欢的是那首"那孩子是谁，是谁呀①"的歌吧。

——或许是因为我们家有枣树吧，我很喜欢那张唱片，经常拿出来听。

——大概是那首歌深深地刻进了阿姐的潜意识里。后来有个学生死了，那孩子的名字恰好是"美代子"。在枣树下玩耍的是谁呢，是可爱的美代。而且阿姐一直认为那孩子的死是自己的责任，罪恶感和期盼那个孩子还活着的愿望，在阿姐的内心深处交织在一起。于是阿姐便在那棵枣树下看到了"美代"的幻影。

——你说这都是我的妄想？

——只能这么认为了。

——那她为什么会长大呢？

——幻影的成长，无疑是阿姐想要她长大的愿望的表现。所以，当阿姐的罪恶感消失的那天，那孩子的幻影应该就不会出现了。

可是，此刻的幺弟却带着深思熟虑的表情，就这样摇了摇头。

"不是哦。"

---

① 日本童谣《あの子はたあれ》。大意是：那孩子是谁，是谁呀？在盛开的枣花下，和娃娃一起玩耍，这不是可爱的美代吗？

"你说那孩子并不是我妄想的产物?"

"这是我以前的见解。但最近我突然有了别的想法，那孩子可能既不是妄想的产物，也不是鬼魂，而是真实存在的。"

"真实存在？她活着吗?"

我惊诧地反问道。

"是啊，所以她才会长大。"

"可那孩子的确死了啊，十七年前的六月三日，被卡车撞飞了。"

"在这个世界上，她确实死了。"

"在这个世界上?"

"在这个世界，那孩子七岁就死了，但在另一个世界，她也许还活着，也许还在长大，继续增长岁数。"

"另一个世界，你说的是来世?"

"不，与其说是来世——"

幺弟引用了"多元宇宙"一词。

幺弟从理科大学毕业后，曾在一家大型企业就职。可他觉得做上班族不适合自己，在入职翌年就主动辞职了。如今，他依靠创作科幻小说之类的文章，投稿到从学生时代就有联系的某杂志来维持生计。

"这个词在科幻小说中很常见，也叫平行世界。指的是除去这个世界以外，还有一个——不，不仅仅是一个，有无数个可能世界。"

"可能世界?"

"比方说，你有没有想过，要是当时你没有和走在马路对面的那个孩子打招呼的话。"

"我无时无刻不在想。"

"或许那天阿姐并没跟那个孩子打招呼，因此那起事故也就不曾发生。又或者，虽然事故还是发生了，但你们两个都奇迹般地获救了。这样的可能性也是存在的。也就是说，那个孩子安然无恙生活至今的世界，或许真的在某个地方存在着。"

"那只是小说里的情节吧。"

"不，这不仅仅是空想，或许真的存在着另一个世界，包含着与这个世界完全不同的可行性。这并非全是空想。"

幺弟一本正经地说道。

"还有另一种可能性，那就是十七年前的六月三日，死于那场交通事故的并不是那个叫相泽美代子的七岁小学生，而是试图救她的一位名叫田所绿的年轻女教师。"

"死的是我……？"

这话撩动了我的心弦。我从未设想过这种可能性——死的人可能是我。

"是啊，死于那场事故的可能是阿姐。从事故的情况来看，这个世界可能真的存在。那个时候，你能够捡回一条命本来就是奇迹。说不定阿姐看到的那个孩子，其实就是同一个世界的居民。"

"为什么会这样？"

"住在另一个世界的她，每年六月三日都会来我们家，站在那棵枣树之下，也就是另一个世界的枣树下。"

"可她为什么要……"

"因为在那边的世界，六月三日是阿姐的忌日。就像阿姐在这边的世界所做的那样，那个孩子每年都要来阿姐的灵前上香也不奇怪吧。就在那一瞬间，虽然不知道为什么，但这两个绝对无法互相干涉的平行世界，就在那一瞬间发生了干涉。那棵枣树可以说是连接两个世界的窗口。阿姐是不是通过这个无形的窗口，窥见了住在另一个世界的她呢？"

"这么一说，那孩子总是一副落寞的样子，是因为——"

"她并不是在责备阿姐，而是在责备自己吧。因为在那个世界得以生还的她，就像现在的阿姐一样，一定是怀着负罪感生活至今的。阿姐觉得是自己害死了那个孩子，那个孩子也觉得是自己害死了老师。阿姐是为了拯救跑到路上的她而死的。"

"可为什么只有我才能看见她呢？而且为什么总是在那棵枣树下？当我看见她的时候……"

与其说是问幺弟，倒不如说是自言自语。

"即便运用现代顶尖的科学，也难以解开宇宙的全部谜团。同理，在人类的大脑或心灵，也就是精神世界的领域，仍有许多未解的部分。或许以现在的科学无以涉足的宇宙和人类心灵，这些充满谜团的未知领域在某个地方相系相连。人类潜意识中所蕴含的某种巨大的能量，有可能在特定机缘之下引发某种物理现象。

"就像以前说的那样，阿姐在无意识中，通过童年常听的童谣，将我们家的枣树和那个叫美代子的孩子联系在了一起。再加上负罪感的影响，你强烈地希望那孩子还活着。这种无意识的力量，在原本绝不会互相干涉的两个世界之间短暂地打开了一个风洞。"

幺弟生来就喜欢幻想，甚至还将幻想当成自己的职业，尽管我明白这只是他的痴人说梦，但我的情绪还是受到了莫大的冲击。

这是令人舒心的美丽幻想，就似看到雨后的彩虹一般。

"要是她还活着，如今应该已经二十四岁了……"

我喃喃地说道。与其说是在计算死去的孩子的年龄，倒不如说是在想念天各一方的学生。

"所以说——"幺弟用如梦初醒般的声音说道，"你不必一直生活在对那个孩子的亏欠中。不仅没有必要，而且这对她也不好。就像阿姐从这个世界窥探着那个孩子一样，那个孩子说不定也在某处窥探着你。看到你愁眉泪眼，一脸不幸的样子，从她的角度来看，恐怕像极了因怨恨自己而现身的亡灵。"

幺弟开玩笑似的说道。就在这时，玄关处的电话响了起来。

"一定是姑母吧。她一定是等不及亲自打来了。"

幺弟边说边耸了耸肩，打开了房间的门。

"我也不是要赶你走哦。不过呢，我觉得还是别拒绝为好。"

这样的声音自门背后传来。

我又看了一眼庭院里的枣树。

那只不过是一棵平平无奇的枣树。

并没有谁伫立在那里。

即便这只是转瞬即逝，如虹如梦的幻想，我也打算相信。经过十七年的光阴流逝，这事可以了结了。为了我，也为了住在另一个世界的她。

我感觉内心荡漾不定的情绪终于平复下来。

"阿姐，是姑母打来的哦。"

玄关方向传来了幺弟的喊声。

5

那年秋天，我结婚了。

虽然条件是允许我继续工作，但由于从婆家到现在的小学通勤时间很长，外加一直负责经营的婆婆病倒了，我不得不接手店铺，只得无奈地辞去了教师的工作。

所幸的是，我发觉卖货的行当意外地适合我。每天都经历着和以往不同的忙碌和新鲜。

我和丈夫相处得很融洽，虽说没有孩子，但每到夜里，夫妻两人面对面品尝着丈夫精心制作的新产品，这般静谧的时光充盈着前所未有的安宁。

三年的时光一晃而过。在这段时间里，我从未后悔自己的选择。

忙前忙后的生活让我鲜有机会返乡省亲。有一次因为偶然路过近处，便想顺道回去看一眼。巧的是，这天正好是六月三日。

如今的家里就只有母亲和幺弟，在我出嫁后半年，父亲因脑梗去世了。

饱含着怀念的心情，我推开了玄关的门，旋即注意到门前的踏脚石上放着一双女式草履。从花哨的图案来看，似乎不是母亲的东西。就在这时，客厅那边传来了一个似曾相识的铿锵之声，应该是本乡的姑母来了。

"哎呀，你来得正是时候。"

虽然尚是初夏，但丰满且多汗的姑母正冲着脸啪嗒啪嗒地摇扇子，她抬头看向了我。

母亲似乎出门去了，隔着桌子，依旧是学生打扮的幺弟正愁眉不展地抽着烟。

"你也说说他吧。"

姑母急得快要冒烟似的突然说了一句。

她向着凉透的茶杯旁边，重重甩出一张像是相亲照片的东西，再看看幺弟那万般无奈的表情，不用问也能猜到发生了什么。

幺弟已经三十七岁了，至今仍是单身。

"他说这次的对象也不喜欢。"

姑母将相亲照片推给了我。

"你是怎么想的？这姑娘年纪虽然大了点，样貌嘛，也算不上出挑。但性格挺好的。我说你啊，看女人不该只看长相和年龄，应该看性格才对。女人嘛，从长远来看，性格好才是真的好。"

"我懂，"幺弟用厌烦的声音反驳道，"我也没说非要年轻的，或者不漂亮就不行。"

"那你这是什么意思?"

姑母将眼睛挤成三角。

"与其说是不喜欢，倒不如说是没什么感觉……"

幺弟挠着头，用堪比蚊子振翅的声音回应道。

"你可真够挑剔的。说到底，什么感觉不感觉，你有资格挑这个吗? 都三十七岁的人了，也没个正经工作，净写些 SM 小说这种莫名其妙的东西。"

"是科幻（SF）小说。"

"要是有人愿意嫁到你这，不管长什么样，你都该烧高香了。"

姑母用合上的扇子啪地敲了敲桌子，幺弟像是挨打般身体一震。

"总之，东西我就放这了。见面的日期以后再跟你联系，这回一定给我抽出时间，好好把握。"

说完想说的话，姑母咕嘟咕嘟地灌了口凉掉的茶，皱着眉头说"哎呀，真不好喝"，随即站起身来。

"真是的，这个家究竟怎么了。大的好不容易安顿下来，这回换小的难搞了。你们姐弟俩都是什么样的人啊?"

姑母一边说着这样的挖苦话，一边叽叽喳喳地回去了。

"搞什么啊，谁要你替我操心了? 这么不情不愿的话，少管闲事不就好了?"

听到关门声后，幺弟脸上露出了如释重负的表情，嘴里说着刻薄的话。

"是个好姑娘呢。"

我拿起相亲照片说道。

"倒也不坏……"

"那你还有什么可不满的?"

我仿佛在重复某人说过的台词。

"也不是不满,就像我刚才说的,就是没有感觉,不光是针对她。"

幺弟叹了口气,掐灭了烟头。

"你的意思是不来电?"

"唔,就是这么回事吧。"

"相亲的时候一眼就对上的情况很少见吧。"

"也是。"

"难道说你有喜欢的人了?"

幺弟摇了摇头,他本就不擅长这种事情,也不像有可以谈婚论嫁的对象。

"既然这样,就只能通过这种方式决定了吧。还是说你想要打一辈子光棍?"

"我可没那个打算。"

"你也太优柔寡断了,像这种事情,早晚得下定决心才行。"

"阿姐以前不也考虑了很久吗?"

"我有我自己的理由。"

从客厅依旧能望见那棵枣树。我并未完全忘记那个孩子,但或许是因为这三年的生活环境发生了翻天覆地的变化,确实时常忘却。

就这样,顺其自然地将往事遗忘吧。

"我也有我自己的理由。"

幺弟将身体转向庭院,抱着膝盖,嘴里嘟囔着。

"什么理由?"

"我还没有遇见命中注定的人。"

"命中注定的人?"

"也不知是继续等待就能遇见,还是无论多久都等不到。但我还没见到过她。我真的有这样的感觉,一旦遇见,应该能一眼认出来吧。"

"真想不到啊,你竟然这么浪漫。"

"别笑了。"

幺弟惨兮兮地看了过来。

"连我自己都很惊讶,一把年纪了,居然还像个小女孩一样,怀揣着等待白马王子的梦想。但无论如何,我都感觉会在某个时刻遇见那个人。只要我仍未放弃这种感觉,无论给我介绍多少姑娘都是徒劳。"

"要是等了很久还是没能遇见呢?"

"到时候也没办法了吧。那只能认命,一辈子就那样了。"

幺弟露出些许寂寞的表情,蓦然站起身来。

"刚才的话不要告诉姑母。那个人无论如何都不可能理解这些,最后只会遭到嘲笑。"

"我知道。但照片上的这个人,至少见一面如何? 或许你在等的就是这个人哦。"

"不可能的。"

幺弟态度坚决地说。

"不过,相亲我还是会去的。否则姑母非把我打死不可。"

言毕,他耸了耸肩。

"你先歇歇吧。妈妈马上就要回来了,我去给你倒茶。"

"我来吧。"

"不用了，阿姐现在是客人。"

幺弟出乎意料地说出了严肃的话，拿着冷掉的茶壶和茶杯走了出去。

客厅里只剩下我一个人。我伸了个大大的懒腰，倦怠地眺望着庭院。许久没在阳光明媚的榻榻米上舒展手脚了。

今天是六月三日，那个孩子会出现在枣树下吗？还是说再也不会出现了呢？

我忽然想到了这个问题。

虽然我从未真正相信幺弟曾说过的话。但我又觉得，要是那个孩子能以二十七岁的模样出现在另一个世界，我大概也不会那么悲伤了。

而且，我总觉得那个孩子不会再出现了。二十七岁，早已是谈婚论嫁的年纪。要是嫁到远方的话，应该就不会来我家上香了吧。就像我逐渐忘记那个孩子一样，那个孩子也逐渐忘记了我。这样就可以了吧，与其沉溺于过去，还不如向前看。

就在这么想的时候，我的目光被枣树下骤然出现的某个物事吸引住了。

仿佛读懂了我的心思一样，它从虚无的空间中一蹦一跳地出现了。

那是一个橙色的橡皮球。

它滚着滚着，停在了通往客厅的走廊附近。

我本能地站起身来，来到走廊，拾起了那个橡皮球。

就像长久沐浴在阳光下一样，手感非常温暖。

球面用黑色马克笔写着一串平假名，拼起来是——

田所绿。

我的心再度荡起了波澜。

是我的名字吗？这是偶然的巧合，还是我以前用过的橡皮球？可球看起来还很新。而且，我并不记得我小时候曾有过这样的橡皮球。

这是怎么回事呢？

正当我拿着橡皮球陷入沉思之际，枣树下蓦然出现了一个孩子的身影。

那是一个三两岁的女孩，她正四处张望着，好似在寻找着什么。

她在找这个球。

我有了这样的直觉。

就在我试图向她打招呼的瞬间，那孩子从正面看向了我。

而后，她露出了如花绽放的笑靥。

她能看到我吗？

那孩子是谁？

那张脸似曾相识，还有，写在橡皮球上的那个名字似乎是属于她的。

对啊。

能想到的答案只有一个。

那孩子就是幺弟的女儿。

她的模样与幼年的幺弟相仿。在另一个世界里，幺弟已经结婚，有了孩子。在那个世界，我已经亡故，他或许把我的名字给了自己的女儿。

她是我的侄女。

想到这里，我大声呼唤着幺弟的名字。

"哦，马上就来。"

一个悠闲的声音从厨房传了过来。

幺弟大概是在那个世界遇到了"命中注定的人"，他这人挺犟的，若非自己真正喜欢的人，是不会和她在一起的吧。

我感到了莫名的安心。

虽说可能稍晚一些，但幺弟一定也能在这个世界遇到那位女性。

我的弟妹会是怎样的人呢？是个美丽的人吗？是个温柔的人吗？有朝一日，他们终将拥有这般可爱的女儿。

想到这里，我就迫不及待地想给幺弟看看被我握在手中的东西，来自另一个世界的信息。

我刚才看见你的孩子了。

要是我这么讲的话，幺弟会是怎样的表情呢？

可是——

有件事让我难以释怀。

就是那孩子展露笑颜的样子。

我好像在哪见过这般如花绽放的笑容。

在遥远的过去，在某个地方……

胸腔传来了一阵悸动。

我想起来了，自己曾在哪见过这样的脸。

橡皮球从我手里扑通一声掉了下来。

就是那个孩子。

那笑容与她一模一样。

那天，那孩子冲到路上时最后展露的笑容。

这是怎么回事？

我的内心萌生了某种确信。

是吗？原来是这样啊。

这是极有可能的。在那个世界，每逢我的忌日就必定会造访我家的她，不知不觉间，与幺弟心意相通。

他们的孩子看起来大约三两岁的模样。

当我离开这个家的时候，在那边的世界里，那孩子或许已经嫁过来了。

出现在枣树下的女孩，正是幺弟和那个孩子所生的女儿。

或许给刚诞下的女儿取我的名字并非出自幺弟的手笔，而是那个孩子吧。这是她向我赎罪的方式。

女孩朝这边露出了笑容，但她并不是在看我。恐怕在那边的世界里，此刻我站立的位置，正站着幺弟或她。又或者，是两个人肩并肩站着吧。女孩回头冲他们露出了笑容。

幺弟隐约感知到的"命中注定的人"正是那个孩子，是长大以后的她。两人注定只能以我的死为契机才能相遇。

无论等待多少时间，在这边的世界里，幺弟终究无法与她相遇。这是因为那个孩子在见到幺弟前就已离世，幺弟终其一生也没法握住写有"田所绿"的橙色橡皮球。

从我手中滑落的球一蹦一跳，一直滚到枣树底下，突然失去了踪影。

仿佛从一开始就不存在一样。

走廊上响起了脚步声。

而我空无一物的手掌中，只残留着球形的幻影。

第五章　恋人哟

1

那天亦是溽暑之日。

当转动钥匙打开房门时，闷热的空气直扑过来。紧闭了一天的单间房堪比桑拿房。

高冈善郎拖着浮肿的双脚走去开窗，而后力竭似的瘫倒在床上。

连灯都没开，他如同死去一般，在床上躺了片刻。哪怕窗户敞着，也吹不进一丝微风。眼下正值八月中旬，看来今天又是个炎热的夜晚。

果然得买个空调啊，善郎厌烦地想。

黑暗的室内，唯见座钟刻度盘上荧光漆的绿光与留言机按钮指示灯的红光。

时间是晚上十一点三十分。红灯忽明忽灭，似乎是提示有消息。

善郎伸出手臂，按下了按钮。

哗——的一声。留言机开始播放保存的语音信息。

最初的语音消息是空的。可能对方犹豫之后，什么也没说就挂断了电话吧。留言机提示那是晚上八点十三分。

在过去的两周里，已经有好几个这样的无声电话了。

第二条，在沉默了一会儿后，传来略带愤怒的声音"我是真纪，到时再联系"。时间提示是晚上九点四十七分。

打第一个电话的人大抵也是真纪吧，善郎心想。

从高一开始，他就和片濑真纪交往。去年，两人报考了同一所大学，但不约而同都落榜了。真纪升入了当地的一所专科学校，而善郎则搬至东京，过上了复读生的生活。他在补习学校附近租了单间公寓，开始了白昼补习，夜间打工的生活。然而，今年他依旧遭到了落榜之厄。

到了复读的第二年，兼职工作变得比学习还要忙。他开始习惯城市的生活，也渐渐体会到了城市独有的乐趣，一般要到晚上十一点之后才回家。虽然也曾想着要给她打电话，却一直拖延至今。

自从三月份告知她考试结果后，善郎便再也没有联系过她，虽也曾收到过真纪寄来的一些明信片和信件，但未予回复。

第三条，哔——的一声。依旧沉默。这次沉默的时间略长。正当他怀疑是否又是真纪时，黑暗中骤然传出一个沙哑的女声。

"是我。为什么打那以后就跟我断了联系呢？知道你在总部工作很忙，所以我忍了这么久才给你打电话。但已经过去半年了，你为什么都不跟我说呢？我曾写过一封信，但由于收件地址不明而被退回了。你到底是怎么回事？我现在处境艰难。听到我的留言后，尽快回复。联系方式没变，还住在那套公寓里。但很快……"

留言就此中断。录音时间是晚上十点三十二分。

我？总部？这都什么跟什么啊？

善郎完全忘却了疲惫，猛地从床上跳了起来。这是一个陌生的声音。声音听上去沙哑而阴沉，但还很年轻，顶多二十出头。可自己连一点头绪都没有。

他打开留言机的盖子，将磁带倒带后又试着听了一遍。这次依旧一头雾水。

就在他纳闷的时候，突然灵光一闪：这是误拨电话。这部电话自带女声的应答功能，嫌麻烦的善郎就一直将就用着。

也就是说，当电话打进来时，录音带上的声音并未提示高冈这个姓氏。因此，这位女士在留言时应该没意识到自己打错了电话。从留言可以推断出，她是第一次打给另一位男士（姑且假定为男士），因此她并没有意识到自己打错了电话。

虽然想通了，但善郎总有些介怀。陌生人走投无路的声音在耳边萦绕不休。留言的时间绝不算长，但包含其中的故事足以激发他的好奇心。某个地方——大概是某个偏远地方，正在上演一出戏。对于旁观者而言，这出戏见怪不怪，但对于当事人来说，却是一生中仅此一次的特殊经历。

从"总部"这个词推测，该男子应该是公司职员。他一定是在被派往地方支部或其他地方时认识了打电话的女人，两人很快成了朋友。不久后男人被召回总部，离开了女人。从半年都没联系这一点来看，这个男人想和女人断绝关系。只能这么想了。无论有多忙，如果真心喜欢对方，就肯定会联系她。换作是自己，就会这么做吧。如果是真心喜欢的人的话。此刻，真纪的身影在脑海中一闪而过，善郎感到了一丝类似内疚的情绪。

信件由于收件地址不明而被退回一事，不就意味着男方随便给了女方一个地址和电话号码吗？而那个胡编乱造的电话号码或许恰好就是善郎的电话号码。

想到这里，善郎觉得这位打错电话的女人挺可怜的。她还不知道自己被甩了的事，这半年来一定焦虑地等待着男人的消息。而后，她变得麻木，最终拨打了对方留的电话。那个或许是男人出于权宜的想法，随口胡诌的号码……

善郎心生愧疚，感觉就像偷窥了别人的秘密。然而，这只是一个偶然的恶作剧，与善郎无关，因此他对此一无所知。虽说有些在意，但洗完冷水澡上床睡觉时，他几乎将这事抛诸脑后。只是临睡前突然想到，那个女人所谓的"处境艰难"，究竟指的是什么？

2

三天过去了。

天气一如既往炎热。回到家时，留言机又在闪烁。难道是真纪？善郎有些厌烦地想。最终他还是没有联系对方。虽说善郎心里知道要给她打电话，但总有种挥之不去的胸闷。而这种胸闷之情，与其说是针对女友的，或许倒不如说是女友之上的乡愁吧。

由于一味努力做兼职的缘故，备考方面毫无进展。与应届生那会儿相比，自己的能力确实有所下降。照这样下去，除非大幅降低第一志愿，否则明年还是老样子吧。这味同嚼蜡的备考，真的是受够了！善郎想大声喊出来。真的有必要这么艰辛地去读大学吗？他开始带着疑问思考，去大学究竟能学到什么呢？但另一方面，他又没有勇气放弃这种不上不下的复读生活，投身社会。因此，他刻意不停地换工作使自己忙碌起来，企图排遣对未来莫名的恐惧。

——我并非讨厌真纪。而是我在这座大城市里不知不觉迷失了方向，开始痛恨自己的无所适从。我不想让任何熟人看到自己这般狼狈的模样。

他想要疏远故乡（包括片濑真纪在内）的深层原因无外乎这般自我嫌弃的心理，而善郎则深信这只是自己不想找麻烦而已。

留言机上的红灯闪烁，似乎在警告他开始干枯的内在。

他按下按钮，又是一片沉默。不是沉默。电话那头传来微弱的"呼哧呼哧"的喘息声。

喂喂。

这不是个奇怪的电话吧？因为应答声是女声，该不会是哪个搞错状况的傻瓜打来的恶作剧电话吧。起初，想到这里，善郎差点笑出声来。

然而，一个女人的声音突兀地传了过来。

"求求你了，快来吧。我可能要死了。好像马上就要生了。我动不了了。甚至也去不了医院。求求你了……"

随着一阵急促的呼吸声，留言中断了。冰冷的声音报出的时间是晚上八点二十六分。

生？

善郎茫然地盯着电话机。

是那个女人。那个打错电话的女人。她又打来了。她还是没意识到自己打错了电话，坚信自己打给了那个男人。

话虽如此——

现在，她的确说了"生"。生什么？

一阵凉意在脊背上游走。

不言自喻。婴儿。原来如此，那女人所说的"处境艰难"原来是这个意思啊。我终于明白了，原来就是怀孕了，要生孩子的意思。应该就是那个男人的孩子。那急促的声音原来是这么回事，她是走投无路了，才打来了电话。

善郎的脑海中浮现出这样的画面：在日本的某个地方，也不知道是东南西北哪个方向，在某处偏远地方的普通公寓里，一个挺着大肚子的年轻女子正满头大汗地满地打滚。

她为什么不去医院？她难道没有家人或朋友吗？

善郎无助地在房间里徘徊着，突然意识到了什么，遂停下了脚步。

太荒唐了。我为什么要焦虑不安？担心一个未曾谋面，也不知身居何处，甚至不知其名的女人。况且她又不是住在荒郊野外的房子里。如果是公寓，肯定有房东或其他住户，应该会有人听到动静后把她送去医院，她多半会在那里安然地诞下孩子吧。

想到这里，善良突然一阵轻松。一看时钟已过午夜零点。估计孩子已经出生了。

——就是这样，不管怎样，这都与我无关。我也爱莫能助。

善郎这般想着，而后钻进了被窝。不过，还是觉得枕边的电话随时会响，因此直到窗外的天空泛起了白色，他都没能入睡。

3

第二天回到家时，留言机的红灯又在闪烁着。善郎伸向电话按钮的手停在了半空中。万一是那个女人呢？片刻的犹豫之后，他还是果断地按下了按键。

哔——的一声。这次没有沉默。传来一个安静且平和的女声。声音很是温柔，仿佛在哼着摇篮曲。

"孩子平安出生了。是女孩哦。跟你长得一模一样。我没靠任何人，自己把孩子生下来了，脐带也是自己用缝纫剪刀剪的。虽然房间里弄得一团糟，但现在我感到前所未有的平静。我从你的名字中取了一个字，给她起名为广美。这孩子不太会哭，所以我比较放心。因为这公寓有一条规定，但凡生了孩子就必须离开这里。不过还请放心，看来似乎还没人注意到这事。房东不在，且很多人晚上都不在。但也瞒不了太久，而且我差不多也该去店里了。我不知道该怎么办才好。

我在这也欠了一屁股的租金。再这样下去的话，迟早还是会被赶出去的吧——"

留言至此暂时中断，那个女人似乎重拨了，又进来一条留言。

"我知道给你打这样的电话毫无用处。因为你现在应该不在家里，而是在前来找我的路上了吧。但我光是等待，就快要疯了。这样抱着孩子给你打电话，我才觉得安心。快点来吧。然后抱一抱这个跟你长得一模一样的孩子……"

简直是天方夜谭。善郎不由得咬住了嘴唇。一个人生的？怎么可能？这女人究竟过着怎样的生活。她曾提到过要去店里，原来她是有工作的啊。也许她是陪酒女郎，孤身一人，没有其他可依靠的人。她就这样一味地等待着男人。哪怕是现在，对于男人正在赶往自己的住处这一点也是深信不疑。但是，哪怕等到海枯石烂，也等不到他啊！

——我该怎么办才好呢？难道就没有办法把这个女人的留言传达给对方吗？不，不可能。这种事怎么可能办得到？而且，凭什么我要为这种事情瞎操心呢？别人的事跟我有什么关系。某个女人被某个男人骗了，她生，抑或不生孩子，又与我何干……

4

翌日，留言机再次闪烁着。按下按钮，流淌出女人温柔无比的声音。

哔——

"你为什么不来呢？那会儿我一直在等你哦。你手头的工作一定很忙吧。如果那样的话，哪怕给我打个电话也好啊。孩子终于睡着了。我本以为婴儿是不哭的，没想到婴儿果然还是会哭。我快头疼死了。她一哭，我就得赶紧用手捂住她的嘴。即便如此，她的声音还是会漏出来。刚刚我在走廊里听到有人在说：好像有只野猫迷路了。要是她们能一直当成野猫就好了……"

晚上九点十分。

哔——

"刚才房东来过了。本来是来催房租的，却用一种怀疑的眼神窥探里面，还问我是不是养了只猫。虽然我努力蒙混过去了，但还是担心。我用胶带封住孩子的嘴，把她塞在壁橱里，所以听不到她的哭声。但当房东走后，我打开衣柜后发现孩子瘫软着，似乎有些异样。怪了，她一动不动，到底是怎么了？"

晚上十点四十六分。

善郎吓得毛骨悚然。什么叫一动不动？难不成？

他全身激起了鸡皮疙瘩。

5

翌日，那个女人的留言又进来了。一看到黑暗中扑闪扑闪的红光，善郎就觉得仿佛有一只冰冷的手紧攥着他的心。

哔——长久的沉默。

"还记得那天夜摊上买的那条金鱼吗？就是你非常想要的那条，捞了好久终于捞上来的那条金鱼（一阵窃笑）。它昨天死了哦，嘴里还冒了个泡。"

晚上八点三十三分。

哔——

"孩子一直在午睡，今天一次也没哭过，也不喝奶，究竟是怎么了呢？"

晚上八点三十六分。

哔——

"可爱小金鱼，身披小红衣，等你醒过来，给你喂东西。可爱小金鱼，身披小红衣，等你醒过来，给你喂东西。可爱小金鱼，身披小红衣，等你醒过来，给你喂东西。可爱小金鱼，身披小红衣，等你醒过来——"

这声音毫无起伏，犹如诵经，连绵不断直至录音终止，时间已是晚上八点五十六分。

快给我停下来！善郎想捂住耳朵。这个女人的声音非比寻常，过于温柔且过于安静的声音中潜伏着莫名的危险。

——够了！这东西拿去给那个甩了你的男人听，别给我！

善郎本想一窥别人留言中的秘密，但现如今，这份好奇心已全然没了踪影。

——我不想再掺和进去了，也不想再听到这女人的声音。我得做点什么，要么出门时不按外出键，让那女人无法留言。这样，我就能永远地逃离这个陌生女人。哦，等一下，还有个更好的办法。

——这女人压根没意识到自己拨错了电话，因此不断地打电话过来。那么，只要让她意识到这个问题不就得了。这部电话可以用主人的声音应答，我只要用这个功能就行了。我要明确地告知对方自己的名字，想必这样她就能意识到了吧。只要一听声音，就会意识到不是那个男人的声音吧。这样的话，应该就不会再打进来了。

想到这里，善郎立刻把自己的声音录了进去。

"我是高冈，现在不在家。请在'哔——'的一声结束后告知您的姓名及相关事宜。"

6

第四天，红灯依旧闪烁。

那个女人？

善郎虽然吓了一跳，但马上回过神来。不可能是她。但凡听过应答磁带上的声音，应该就会意识到自己拨错了电话。可能是别人打来的。譬如真纪。可能是真纪打来的。

善郎这样安慰着自己，然后按下了按钮。

哔——

"（喃喃自语的声音）真奇怪。声音不一样。不是女人的声音。高冈到底是谁？高冈才是你的真名？没错，一定是这样，怪不得信被退回来了。你是高冈，不是木村啊，是我搞错了。好的，那以后我就叫你高冈。"

晚上九点零三分。

什么？

善郎简直不敢相信自己的耳朵。她还没意识到自己打错电话了啊？这个女人准是疯了。也许一开始她就有点不正常。但凡思维正常，当寄出的信被退回时，早就应该怀疑对方了。而她却死心塌地地相信对方。而且，一个人在单间公寓里生孩子，这怎么想都太奇怪了。她原本就是个疯子，怪不得那个男人也逃跑了吧？

还有一条留言。

"高冈先生，我想到了个好办法。你没有来找我，也没给我打电话都是因为你太忙了吧。男人不能丢下工作跑来找我，是吧？但我觉得你内心还是很想抱一抱自己的孩子。你应该很想抱她，想得不得了吧。所以我就想了个办法，要么把这个孩子送货上门，寄给你吧。这样你就能看到她的脸，也能抱着她了。怎么样，这主意不错吧？可是不行啊。我也爱这孩子，爱得不得了，不论她变成什么样子，我都想让她留在我身边。所以我寄一半给你哦。"

哈？只寄一半？

善郎的脑子一片空白。

只寄一半，究竟是什么意思？"送货上门"又是什么意思？又不是中元节礼物，而且，该怎么将一个活生生的婴儿——

那些在脑海中瞬息掠过的恐怖幻象，引发了他剧烈的胃酸反应，涌上心头。善郎几乎本能地捂住了嘴巴。

难道说……不会吧？

仔细想来，她曾说"孩子瘫软了"，也说过"一直在午睡，今天没哭过"。而且，那女人为何突然提及金鱼的事？说有条金鱼死了。死的真的是金鱼吗？

不，冷静点，你可没必要惊慌失措。

善郎一边在房间里踱来踱去，一边安慰自己。

——无论要给我寄什么，那女人知道的唯有我的电话号码，地址应该无从知晓。如果她疯了的话，就会寄往之前说的那个瞎编乱造的地址吧。不可能寄到我这儿来的。

——哈哈哈，肯定是这样的。不可能寄到这里，除非顺着电话号码倒查过去。

哈哈……

笑着笑着，善郎的脸僵住了。

他脑海中骤然闪过一个念头：能从电话号码倒查出我的地址吗？

如果可以的话，又如何呢？

7

接下来的整整一周，善郎胡思乱想，魂不守舍。他甚至还认真地考虑要不搬家算了。但自那之后，既没有快递员拿着不安全的小包裹登门，留言机里也没有任何留言。

那天，当他回到家时，留言机上的红灯并未闪烁，而是一直亮着，这意味着没有任何留言。或许那个女人最终意识到了自己的错误而选择放弃了。又或者是有人发现了她的失常之后给予了某种保护。不管怎样，自己再也不必被陌生电话困扰了。他不由得松了口气，正准备换下被汗水打湿的衬衫时，门口的对讲机响了起来。

胸腔传来了一阵悸动。

善郎下意识地看了看表，即将晚上十一点半。这个点会是谁呢？他透过门上的猫眼望出去，是一个戴眼镜的年轻女人。这脸似曾相识。哦，是隔壁的女住户。时常能见到她，貌似是个白领。

刚一打开门，善郎就吓得几乎心跳停止了。刚才透过猫眼没看到，但隔壁的女人手上捧着一个方形纸箱——牢牢地贴着胶带，边角已经磨损。

"这是傍晚送来的，我给你保管着呢。"

这位脸色苍白，戴着眼镜的女人粗声粗气地把话说完，便递出了包裹。

善郎像是从喉咙中挤出声音一般拒绝道"这，这不是我的"，慌慌张张想要把门掩上。

"可你就叫高冈吧？那就错不了了。收件人姓名处确实写着'高冈先生'。晃起来有些咕噜咕噜的，应该就是甜瓜之类的东西吧。"

隔壁的女人试着摇了摇箱子。

"如果是甜瓜，那就送给你了！"善郎惊叫起来。

"我可不要。来，给你。我可是好好地交给你了哦。"

隔壁的女人把纸箱强塞到善郎微微发颤的手中，用奇怪的眼神瞪了他一眼，然后就回去了。

咕噜咕噜？

善郎凝视着纸箱。他小心翼翼地将脸凑近纸箱，试着闻了闻，没有腐臭的味道。摇晃一下的话，箱子里的确有圆圆的东西在滚动，伴随着"咕噜咕噜、咕噜咕噜、噗呲噗呲、噗呲噗呲"的声音，着实令人毛骨悚然。

里边确实是甜瓜大小的某物……

随着一声惨叫，善郎将箱子扔到了地板上。"咔嚓"一声，好像有什么东西碎裂了。

怎么办才好？

真的寄来了！

善郎几乎瘫坐在地，根本不敢打开它。他气若游丝般地看着电话机，想着马上报警。让警察来打开就行了。只要我说明情况，肯定会被理解的，何况自己还留着那个女人最后一次的留言磁带，但这样做恐怕会引起轩然大波。如果这箱子中蹦出之前提到的那个的话，会有怎样的后果？警察肯定会喊我去问话，而电视台和周刊记者估计也会蜂拥而至。这可能会成为公寓楼里的谈资，传着传着，就变成箱子里的婴儿长着尾鳍背鳍之类，而她的爸爸就是善郎的流言。这消息也会传到老家的父母和朋友那里——

开什么玩笑！

决不能让这种事情发生。

善郎任凭想象驰骋，考虑到后果，报警的想法登时烟消云散了。

——对了，别打开，干脆直接扔了吧，反正与我无关。万一出了事，等到警方介入调查时，我只需称那是一个陌生女人误寄给我的，由于感觉不妥便将其丢弃即可。由于没打开看，所以不知道里面有什么，这么回答不就行了。对，就这么办。离这不远处有片杂树林，将其扔在那儿吧。

估计没人知道那女人生了个孩子，大夏天的，她也决不会把孩子剩下的另一半一直留在身边。估计是偷偷地在某处把孩子处理掉了。如若这样，这事就只有我知她知，天知地知。对，就这么办吧。

下定决心后，善郎终于站了起来，双脚却还在发颤。他捡起纸箱后离开了房间。

他害怕得像个罪犯，提心吊胆地走过走廊，按下了电梯按钮。那个圆圆的东西在善郎的手中咕噜咕噜地摇来晃去。

此刻，善郎房间里的电话响了起来。

他心想提示音怎么响了两次，原来是自己忘记关闭电话留言功能，留言机开始工作了。

"我是高冈，现在不在家。请在'哗——'的一声结束后告知您的姓名及相关事宜。"

善郎的声音在空荡荡的房间里回荡着。

哗——

"是我。但我还没自报家门吧？其实我在包裹的寄件人一栏里写了哦。请允许我再自我介绍一下：我叫山野令子，和片濑真纪是同一个短期大学的学生。我们是所谓的损友。之前给你打了奇怪的电话，实在抱歉。真纪给你打了无数个电话，但总是直接转到留言，一直等不来你的消息，她很是失落。所以我想给你一点颜色瞧瞧。是不是吓得凉飕飕，连空调费都省了吧？但好像有点闹过头了，我也在反省。为了聊表歉意，我给你寄了个自家摘的甜瓜。这甜瓜有婴儿的头那么大。冷藏食用风味更佳哦。听到留言后，请马上给真纪回个电话。她等你等得花儿都谢了！"

第六章　时钟馆事件

序　幕

电话铃响了起来。

在铃声鸣响之前，就像吸气一样，发出一声微弱的"叮"。我一边想着"要来了吗"一边斜眼瞥了过去。果然不出所料。我咂了咂嘴，把手从打字机的键盘上拿开，顺势躺下身去。之所以突然躺倒在榻榻米上，是因为电话机恰好放置在伸直右手就能够到的位置。

时值二月，透过窗户可以看到庭院里渐融的春雪。梅花开了。我将打字机放在被炉上，寂寞且怄气似的敲着键盘。

自己出道已经三个月。在这个世道，随手扔块石头都能砸中一个推理小说家。这行出道相对容易，新人有如蒲公英一样肆意生长，但问题在于其后。出道并不困难，反过来说，也就意味着竞争激烈。要是掉以轻心，就会像窗外的雪花一样，很快被扫至角落，不知不觉间消失得踪影全无。可谓是来去如疾风。这可不行，必须尽快推出第二部作品，却一个字都写不出来，这种事情早就见怪不怪了。

负责处女作的出版社编辑每每对我说"第二部作品才是最重要的，读者追随与否全看第二部作品的质量"这般既似鼓励又似威胁的话，让我倍感压力。要是有哪个新人能在这种拙劣的激励下轻易写出杰作的话，我倒想见识见识。这种人毫无疑问是个天才。

必须尽快写完第二部作品也有经济上的考量。处女作的版税早就花光了。在尚未看清未来之际，我成了全职作家。在第二部作品的版税到手之前，我是不折不扣的无收入人员。

这日子不安稳得几乎能让人笑出声来。

这通电话会不会带来财富呢，因为铃声听起来非常轻盈，我便有了这样的期待。我一边祈祷着财神登门，一边躺在地上拎起了听筒。

"喂?"

"是今邑女士的家吗?"

是陌生男人的声音。从他以笔名称呼来看，多半是出版社的人。万岁，这回可真是财神爷来了。但现在就欢呼雀跃还为时过早，毕竟也可能只是单纯的电话采访。

"你好，是我。"

心里虽然这样想着，声音却自然而然地轻快起来。我起身端坐在榻榻米上，要是躺着说话，福神也会逃走。

"我是抠一地的某某。"

抠一地? 哦哦，是《QED》。这是与《推理杂志》和《EQ》齐名的推理小说专刊之一。

"我是贵刊的忠实读者。"

我立马开始了奉承。但这也不全是谎话。事实上，我的确非常爱读这部本格色彩浓重的《QED》月刊。

"谢谢。"

对方的声音顿时带上了笑意，气氛变得融洽起来。像这样的迎合是人际关系中不可或缺的东西。

"那么，您知道我们杂志有个专门猜凶手的解谜小说专栏吗?"

"岂止知道，我还投过稿呢。"

《QED》设有一个老派的"读者挑战"专栏。让已经出道的推理作家提出一个侦探小说式的谜题，成功猜中凶手的读者将获得奖金。虽然并非什么新奇的构思，但作为一本致力于本格的杂志，征稿要求非常严格。并不能在明信片上随便写个凶手名字，然后寄出去抽签，必须将推理某人物为凶手的逻辑清晰地写成八百字内的文章。如果有多个正确答案，该杂志也不会采取抽签这种草率的做法，而是由编辑部选出他们认为总结得最恰当的一篇，奉上五万日元奖金。

"那可太好了。这样谈起来就方便多了。请您务必作为出题人参加那个栏目。"

哇，果然是来钱的活，简直太幸运了。我的手头刚好有个存货。那是一部三百五十页的长篇小说，曾投稿给某个奖项，结果悲剧地落选。正当我沮丧万分之际，突然被某个出版社看中，说略改一下就能出版。我空欢喜了一场，还以为稍加修改就能成书，结果仍落了空，又被退了回来。

由于谜题性很高，感觉能用得上。这已经是三度出嫁了。

"交给我吧！我有存货。"

"哦？那么问题篇加解答篇，每页四百字，一百页以内，可以吗？"

编辑理所当然地接受了我的回应，用公事公办的语气说道。

"我手边的是三百五十页的。"

"那个，您看，要求是一百页以内。"

编辑顿了一顿，然后以冷淡的语调说道。

"最多能缩减到两百页以内。"

"要求是一百页以内。"

"一百五十页以内也行。"

"要求是一百页以内。"

"要是压缩到一百页以内，内容会相当浓缩。"

"内容浓缩是好事，读者会喜欢的。"

"但是会不会浓缩过头了呢？听说咖啡喝得太浓会导致胃癌哦。"

"阅读内容浓缩的推理小说是不会致癌的。"

"可是，俗话说过犹不及……"

"总而言之，请控制在一百页以内。"

编辑用不耐烦的语气无情地驳了回去，完全没有妥协的余地，据理力争似乎只是徒劳。看来王婆卖"稿"只能到此为止了吧。弄不好的话，对方可能会来一句"就当我没提过这事"，直接撂掉电话。

"好吧，那就控制在一百页以内。"

我不情不愿地接受下来，为了防止对方听见，偷偷叹了口气。

"必须是一百页以内哦"，编辑又叮嘱了一句，交代完截止日期就挂断了电话。

放下听筒后，我立刻取出计算器，刚才忘了问单页的稿酬（居然忘了问最要紧的事！），但即便我是新人作家，也不至于只能拿到一页一千日元这种非人道的金额。虽然不太清楚新人的行情如何，但大概是这个范围吧。于是我开始计算起来，尽管这并不是需要用到计算器的金额。

不管怎样，能为退稿的作品找到下家也是好事。可是居然要删减二百五十页，不仅内容要浓缩，对作者而言也实在太过苛刻。唉。

时钟馆谜案（问题篇）

1

刳栎木为方函兮，饰焦茶之缘框。

匿阴冷之石壁兮，乃棺椁之所藏。

隐"时间"之老骨兮，闻齿啮之幽响。

此"时钟"之可怖兮，令魂惊而魄丧。

（转译自上田敏译《海潮音》，摘自艾米尔·维尔哈仑《时钟》）

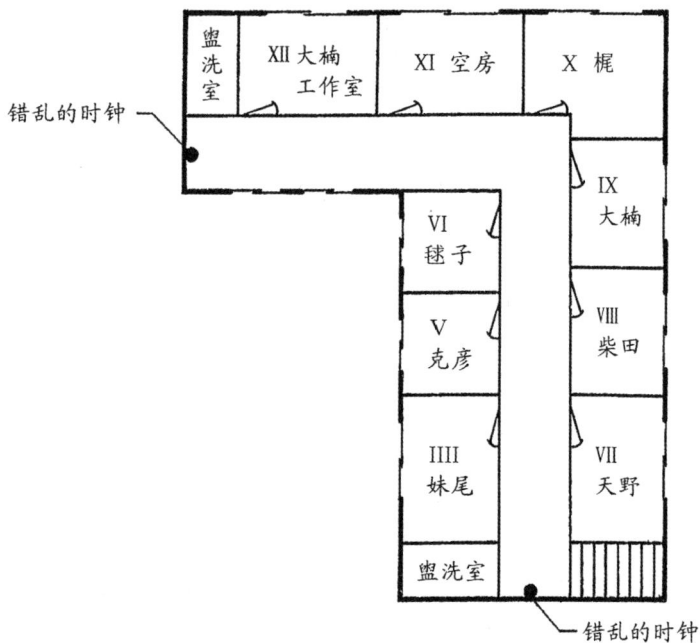

时钟馆二楼平面图

时钟馆。

该建筑乃是漂浮在名为东京的混凝土海洋上的孤岛。

透过树木浓绿的缝隙，可以望见陡峭的天然石板屋顶及红砖砌成的外墙，这栋洋房正以其童话般的风格，为生活在高楼环绕下的人们的疲惫目光提供暂时的慰藉。

馆主名为樱井彻男，时逢花甲之年，从某大型食品公司退休后，与妻子敏江相依为命。倘若追根溯源的话，樱井家在战前有着华族之称。虽然如今的财产就只剩下这栋公馆，但他那波浪起伏的银发，瘦长高雅的脸庞，以及从容不迫的举止，仍透着恰合贵族末裔的气质。

　　樱井老爷是狂热的钟表爱好者。他在闲暇之余收集的古董时钟装饰着整个客厅。其中罕有珍品和高价舶来品，大都是以前家家户户都有的八角钟这样的平民物件。比较有特色的是置于客厅一隅的名为大名钟的塔钟，据说是江户时代的大名模仿德国挂钟的结构，让自家的钟表匠花费数日工夫制作而成。还有一种香钟，是将香放在线上点燃，根据燃烧程度来计时，堪称风雅之物。

　　有关时钟馆其名的由来，据说取自樱井老爷所喜爱维尔哈仑的《时钟》一诗，收录于上田敏译诗集《海潮音》中。

　　然而，时钟馆的时钟最大的特征乃是每一口钟都被刻意调乱了时间，没有一个的报时是准确的，有些甚至已经停摆。这是出于馆主这个纯粹自由主义者的趣味。他觉得众多时钟的指针全都整齐划一地指向同一个方向，像极了行进的军队，令他产生生理上的厌恶。樱井的左足不便，走路时明显拖曳着一边的脚。据说这正是那场可憎的战争留下的纪念。

　　在世人看来"错乱"的古董时钟，在他看来，却是"活在自己的时间里"。他们正是永远摆脱了"告知正确时间"这一无聊职责的可爱的老骨头。对于既没有孩子也不养宠物的他而言，古董时钟是他唯一可以毫不吝惜地倾注爱意的对象。忘记给时钟上发条，无异于忘记给宠物喂食。

　　钟表们在这最后的栖息地里如同生物般呼吸着。敲钟声总能从某处传来，有的战战兢兢，有的豁达开朗，也有的好似年长者的叹息。

年满退休后，樱井老爷本打算在心爱的古董钟表的环绕下度过宁静的余生。然而妻子敏江却不允许丈夫这般奢侈。拥有十多个房间的大宅岂能白白闲置。为此她想到了一个异想天开的主意，为了晚年的安定生活，索性把二楼腾空改成出租公寓。

　　樱井老爷虽然极力反对，但最终还是败在妻子的强词夺理之下，不得不刊出了招募租客的广告。然而，当某个人物看到广告即刻登门时，他的想法发生了急遽的转变，变得非常热衷于招募房客。

　　那个人物就是现年四十六岁的推理作家大楠润也。或许很多人对这个名字并不熟悉。他既不是那种频频在广告或杂志封面上留名的畅销作家，也不是被尊称为推理界泰斗抑或大师的那类人。硬要说的话，与其说是泰斗，倒不如说是推理界的异兽。若不是那种推理小说（或者说偏重谜题和诡计的侦探小说）的狂热爱好者，一定不会了解这个名字。尽管名声不彰，但对于一部分粉丝而言，其地位几乎等同于新兴宗教的教主。

　　简而言之，时钟馆的馆主正是这位作家为数不多的粉丝之一。

　　作家与馆主意气相投，搬出之前居住的公寓后便立刻搬了过来。馆主热烈欢迎他的到来，但女主人却面露难色。那是因为似推理作家这般来路不明的生物，能否按时缴纳房租，实在是个问题。但这一回，她最终在丈夫的热情之下妥协了。

　　所幸作家并没有拖欠房租，反倒像诱蛾灯一样，接连引诱着希望住宿的人。使得一直警惕着住客是否会欠下房租连夜跑路的樱井夫人也逐渐（多少有点）软化了态度。

　　在介绍其他租客之前，且让我先简单介绍一下该宅邸的内部结构。踏着花岗岩楼梯走进玄关，便来到了门厅。由于是纯西式的风格，因此可以穿鞋进入。一楼设有宽敞的客厅、餐厅和厨房三个房间，客厅里有一座缓缓上升至二楼的新艺术风格的楼梯。二楼设有九个房间和两间盥洗室。

楼梯顶端的左手边的墙壁以及呈逆L形的走廊尽头的墙壁上，悬挂着一口错乱的古董时钟，每隔半小时报一次时（参照篇首的示意图）。

整个馆内共有十二个房间，每个房间都用罗马字母模仿时钟表盘编号。一楼樱井老爷的房间是"Ⅰ"，夫人的房间是"Ⅱ"，"Ⅲ"并非私人房间，而是绝大多数书架都被推理小说占据的图书室。

好，终于轮到介绍房客了。

首先，Ⅻ号房和Ⅸ号房都是那个推理作家的房间。由于书籍和资料积攒了太多，单间过于拥挤，因此需要占用两个房间。Ⅻ号房似乎主要用作工作室。

这位作家个子不高，略显肥胖，后脑勺已经秃得差不多了。据说他从未结婚，一直单身。他的眼神中充满了偏执，让人不禁联想到被诅咒的诗人，一眼看去就是"怪人"的类型。

ⅡⅡ号房的住客是妹尾隆治，四十三岁。由于一手包办了大楠老师的书籍装帧，因此得知了这间"高级杂居楼"。曾离过婚，目前单身，之前似乎一直住在工作的地方。他身材魁梧，声音洪亮。与其说是设计师，乍看之下倒更像是职业摔跤手。

顺带一提，虽然罗马数字中的"4"通常表示为"Ⅳ"，但此处须写作"ⅡⅡ"，这是因为时钟的表盘本就如此。根据樱井老爷的说法，时钟表盘上之所以不能用"Ⅳ"，是因为法国国王查理五世在建造钟楼的时候，认为从Ⅴ减去Ⅰ是不合理的，因此改用了"ⅡⅡ"这种标示方法。

Ⅴ号房的住客是笠原克彦，某私立大学文学部的大三学生，是樱井夫人的外甥。他在大学加入了推理俱乐部。确切地说，他正是为了进入这个知名的俱乐部（作家和评论家辈出），才选择了这所大学。他是个目光挑剔，惹人讨厌的本格迷。

Ⅵ号房的住客是笠原毬子，同大学文学部的大二学生，虽和笠原克彦同姓，但他们并非夫妻（！），而是兄妹。她是个聪明伶俐的可爱女孩，兴趣爱好是漫画和动画，自然也是漫研的社员。顺带一提，她就是我。

我和兄长都出生在横滨，是地道的横滨人。既然我们的身份已经揭晓，那么之后的篇幅我将不再使用樱井老爷和樱井夫人这般客套的称呼，而是直接称他们为伯父伯母。

Ⅶ号房的住客是天野昌三，七十岁。原咖啡店老板，糟糠之妻去世后，他把店铺交给了儿子儿媳打理，独自搬到了这里。他对钟表的痴迷不亚于伯父。就连咖啡店的名字也叫"咣"，据说来自钟表的声响。当然了，他的店里也装饰着许多古董钟。

他是一个瘦小而安静的老者，总是戴着一顶时髦的帽子掩饰秃顶，烟斗从不离手。在这里的住客中，算得上是唯一一个对推理小说不感兴趣的人。他不喜欢胡乱杀人的故事，兴趣是听有年头的音乐。客厅里的留声机跟前是他钟爱的专属座位，他总是坐在那里，一边抽着烟斗，一边摆出胜利小狗①的姿势歪头倾听，这副样子无论什么时候看到都会觉得好笑。

Ⅷ号房的住客是柴田正幸，三十七岁，推理评论家。这人搬入之际引发了一点小小的骚动，得知新住户的来历后，推理作家勃然大怒，开始收拾行李，声称"要是那个混蛋住进来，我就走人"。这是因为这位评论家把大楠老师的作品风格视为眼中钉，动不动就在书评

---

① 出自美国胜利唱片公司商标上的小狗形象。

中予以抨击，什么"过时""老掉牙""发霉长苔，蛛网密布"之类的尖酸言辞不胜枚举。身为作家的大楠老师早已忍无可忍。

最后，经过伯父巧妙的调解，好歹没有演变成腥风血雨。双方各回各屋，但关系至今仍旧紧张。

X号房的住客是梶叶子，是入住不足三个月的新客，二十九岁，月刊综合杂志《黄金时代》的编辑，乃是负有精干之名的女性。《黄金时代》虽不是推理小说专刊，但这类作品所占的比重很高。原本所谓的本格作品在该杂志颇遭冷遇，不过近来编辑方针发生了变化，决定加大对本格作品的支持，大楠润也被纳入了目标。接到任务的梶小姐立刻行动起来，当她得知作家居住的"高级杂居楼"还有空房时，便一阵风似的搬了进来。

她是身材窈窕，细肩纤腰的美女，让人不禁想要知道这般力量究竟隐藏于何处。可爱的心形脸蛋雀斑微露，一头短发既有活力又不失女人味，一双大眼睛闪烁着好胜的光芒。

对于一般女性而言，二十九岁就等于一只脚踏进了三十大关，正是在事业和婚姻之间摇摆不定的年纪。但梶叶子小姐却没有半分踌躇。她全身心地投入到自己觉得有趣至极的工作中。

有了这个年纪微妙的单身美女的加入，馆内好似鲜花盛开般热闹起来，到处弥漫着春意盎然的躁动气息。

对了，我们的时钟馆还有一个相关人员，故事就是从这个人的来访开始的……

2

晚饭过后不久，客厅的电话响了起来。

此刻的屋外，二月的雪仍在飘落。

从餐厅出来的时钟馆住客正悉数坐在摆成"匚"字形的客厅沙发上，一边随心所欲地放松身心，一边像往常一样热火朝天地讨论着有关推理小说的话题。

我从沙发上站起身来，拎起了电话听筒。

"你好，这里是时钟馆。"

"是小毬吗?"

"啊，野间先生。"

电话是推理杂志《幻想宫》的编辑野间启介打来的。《幻想宫》是专门刊登大楠老师作品的推理杂志，虽说发行量不大，知名度也不高，却受到了本格爱好者热情而坚定的支持。

"我正打算过来取稿子。"

野间先生是大楠老师的编辑，当截稿期临近之际，有时会在这里住下。

"我听到了笑声，那位老师该不会也在一起谈笑吧?"

野间用忐忑的声音问道。好似要进一步煽动编辑的不安似的，又响起了一阵哄笑。

"没有，吃完晚餐后，老师就直接回二楼的工作室了。"

"哦，这样就好，那我七点钟到这里。"

野间先生悬着的心似乎落了地，飞快地把话说完，随即挂断了电话。我看了眼手表。客厅里所有钟都是错乱的，根本靠不住，而我的手表准确无比，刚好六点半。

"是野间先生的电话?"

叶子小姐转过身来，脸上现出恶作剧般的表情。

"他说马上就到。"

"这样啊，这种日子他也很不容易。"

干练的女编辑意味深长地抿嘴一笑。

我离开客厅，走进厨房。伯母正在水池边擦洗着锅底，额头上青筋凸起。当我报告说野间先生要来时，她抓着锅刷的手并没有停下，嘴里问了声"住吗"，我回答"应该吧"，她回了句"打扫"。

伯母是个连动舌头都嫌麻烦的人，向来没有多余的话。我解读了她的言语，原来是要我打扫野间常住的XI号房。我返回客厅，从橱柜抽屉里取出万能钥匙，带着它上了二楼。我先敲响了XII号房的门，里边传来了打字机的键盘声。

"请进。"大抵是叼着香烟说话的缘故，应答声含混不清。

我打开门，把头探了进去，对着老师的背影说了声"野间先生说他要来"。大楠老师正坐在打字机前，头也不回地说"哦，来了告诉我一声"。香烟的烟气自他的头顶袅袅升起，好似光秃秃的山上燃起了大火一样。

我掩上XII号房的门，从二楼的储藏室拿出了吸尘器，再用万能钥匙打开了XI号房的门。我在四方形的房间里彻底打扫了一通，然后再度走了出来，将门锁好，最后收拾好吸尘器。整个过程只用了十分钟。

当我下楼来到客厅时，柴田正打着呵欠从沙发上站起身来，一边嘟囔着，"好吧，要去体验地狱的煎熬了"，一边准备上楼。所谓"地狱的煎熬"是指为了撰写书评而阅读各地出版社免费寄来的新书。

过了片刻，楼上传来了一声像是柴田先生关上房门的声音。在交流推理小说的时候，天野先生总是不插一语，嘴角挂着温和的微笑，不停地摩挲烟斗。他半自言自语地说"那人怎么晚上还戴着墨镜呢"。天野先生似乎没法理解装饰眼镜这种东西。

"那是为了遮掩他那针孔一样的眼睛吧。"老哥即刻答道。

友人一旦离席，便立刻说他的坏话，这才是绅士应有的礼仪。

妹尾打开电视，七点的新闻马上就要开始了。他挂心的并非新闻，而是天气预报。这场雪要下到什么时候才会停呢？要是雪积得太深，就会超越浪漫的范畴，转向麻烦的领域。现在大概已经积了四厘米了吧。

我稍微掀开窗帘，从客厅的窗户向外望去。白色的雪花在夜幕中飞舞，看起来极为浪漫……

透过纷飞的雪幕，我忽然瞥见了一个黑色的人影正推开外门走过来。黑影又瘦又高，是野间先生。我看了一眼手表，时间正好七点。他是和康德一样守时的人。

我立即出了客厅，向着门口走去。迅速行动是我的座右铭。门铃刚响，我便打开了门，把野间先生吓了一跳。他正在门廊上慢悠悠地抖落雨衣上的雪。

"啊，吓我一跳。简直像自动售货机一样。"

"嘿嘿，欢迎。"

野间先生提着一个看起来和他本人一样疲态尽显的浅棕色手提包，弓着脊背，缩成一团走了进来。从携带的提包来看，他似乎已经做好了留宿的准备。那张平素犹如太阳底下打盹的驴子般慵懒的脸，此刻似乎也有些紧绷。或许是收稿的使命感使然吧。野间启介，三十四岁，单身。

我们一起回到客厅，野间先生脱下雨衣，或许是因为手脚过长的缘故，他身上的茶色西装看起来短了一截，一条蓝色领带系在脖子上。从亮处看去，他左右脚的袜子颜色不太一样，右脚穿着深蓝色，左脚穿着黑色。只见他径直走进屋内，坐在了柴田先生之前坐的位置，也就是天野先生的旁边。虽说更靠近入口处的叶子小姐的旁边也有空位，但不知为何，他直接走了过去。

即便是妙龄美女，也不愿坐在竞争对手的编辑身边吧，还是说……

我从壁橱里拿出Ⅺ号房的钥匙递给了他。野间先生接过钥匙，随手塞进了西装口袋，将右手食指指向天花板，做了个弹钢琴的动作。那是老师是否在二楼写作的暗号，我点了点头，他立刻安心似的骤然放松了身子，倚靠在沙发背上。

我走上楼梯，必须把野间先生到来的消息通知大楠老师。刚走到Ⅻ号房的门前，我忽觉有异。太安静了，没听到打字机的声音。我试着敲了敲门，里面杳无回音。我又敲了几下，还是没有应答。

我轻手轻脚地推门一看，打字机的跟前空无一人，桌面的烟灰缸里还有刚掐灭的烟头，房间里仍缭绕着烟气。

我心想或许是上厕所去了吧，于是看向了旁边的盥洗室。那里也没人，Ⅺ号房同样人影全无。我又回到Ⅻ号房，突然发现打字机附带的打印机里正夹着一张白纸，我随手抽出来看了一眼。

内容是这样的——

亲爱的野间君

　　原稿一页未动。电话里言之凿凿，今再无面目相见。故擅自"消失"，谨此声明，现今身在馆内之人皆未成为共犯协助"消失"。待彼等知晓我之"消失"，恐惊诧万状，尤甚于君。

　　我打算自正门堂堂而出，待安顿妥当，必将告知居所，切勿失惊。

傍晚六点三十五分

哎呀，还真是发生了了不得的事。

就在这时，走廊上那口错乱的时钟讥嘲般地"咣、咣"敲响了两点。

3

我情不自禁地看了一眼手表，时间是七点十分。每当听到那个错乱的钟声，我就感到不安，下意识地想要确认准确的时间。

大事不妙。该怎么办呢？野间先生看到这个一定会大惊失色的，但愿是什么地方出了差错……

我将纸条叠好收进围裙的口袋，随即离开了Ⅻ号房。必须把这个交给野间先生，只希望他读毕这段文字之后，还能保持冷静。

然而，就在我刚走出房间的时候，就撞见了这位拎着手提包，吹着跑调口哨的编辑。

"那个……"我刚一开口，却在瞥见了他平和的表情后变得支支吾吾起来，情不自禁地发出了"嘿嘿"的笑声试图蒙混过去。野间先生站到了Ⅺ号房的门前，一边从西装口袋里掏出钥匙，一边问我"干啥啊？笑得那么吓人"。好吧，数秒钟后他就会明白笑声的含义，尽管非他所愿。

我安静地走在走廊上，旋即飞速冲下楼梯。与其直接给野间先生看这份留言，还不如先给伯父看来得安心。

"伯父，不好了！老师的房间里有这个！"

我将纸条递给了正跟妹尾他们谈笑风生的伯父。伯父的脸上还带着笑意。他接过纸条，快速浏览了一遍，笑容眼看着从脸上消失了。

"这张纸给野间先生看过了吗？"伯父抬头问我，我赶紧摇了摇头，伯父"嗯"地叹了口气。

"怎么了？"老哥探出身子，瞄了一眼伯父手里的纸条，随即

"啊"地惊呼起来。其他不明就里的人见状纷纷凑上前来。

"天啊。"叶子小姐皱起了亮丽的眉毛，天野先生也"嗷"地叫了一声，叼在嘴里的烟斗险些掉在地上。

"可是，这怎么可能啊？他声称要从正门出去，但走正门必须先经过这个客厅吧？"老哥嘟着嘴说道，也不知是在抗议什么。

"先不说这个，一旦这事被野间先生知道的话……"叶子小姐忧心忡忡地抬头望向了天花板，仿佛身为同行便不能置身事外。就像被她带动了似的，众人一齐沉默地仰望天花板，空气中弥漫着令人不安的缄默，像极了暴风雨前的寂静。

不多时，楼梯上传来了一阵急促的脚步声，众人同时面面相觑。是野间先生，他来了。

"老师好像不在房间里，各位知道他去哪里了吗？"听他的语气，似乎以为对方临时出去了一下。

"没在上厕所吗？"老哥明知故问地来了一句。

"没，也不在Ⅺ号房。"

"哦，究竟是去哪儿了呢……"老哥装模作样地说着。

"其实在大楠老师的工作室里发现了这个，是小毯找到的。"

伯父终究还是开了口，将那张纸条递给了野间先生。这位编辑的目光飞快地扫过纸片，随即抬起头，一脸呆然地喃喃自语：

"怎么可能……"

他当然会这么想吧。

"哪怕堂堂正正地从大门走出去，不经过这里也到不了玄关。你们一声不吭地把他放走了吗？"

他用杀气腾腾的眼神说着和老哥一样的话。

"不不，这很奇怪啊，晚饭后，大楠老师独自上了二楼。我们一

173

直待在这里，大楠老师从没下来过。真没骗你，我还以为他在楼上呢。"

伯父一本正经地说道，其他人也一本正经地点了点头。

"不经过这里又能从哪出去？"

"所以他是不是真的消失了？"老哥说。

"简直荒唐透顶！"

野间先生哼了一声。他似乎全然不信"消失"这种说法，据传最不相信UFO存在的就是科幻作家，或许正是这个道理。

"反正就是你们串通一气，让他逃走的吧？"

编辑的语气就像在指斥越狱犯之流。

"怎么可能！留言上不是写着馆内的人都不是共犯吗？"

听老哥这么一说，编辑不屑地笑道：

"那又如何？你是说那个老师用了什么诡计？"

"是的，绝对是某种诡计，我敢肯定。"

"太扯了，既然真有那么高明的诡计，赶紧用在小说里不就得了？这样一来，不就没必要逃走了吗？"

"啊，那倒也是。"

"野间先生也很不容易啊。"

叶子小姐同情似的说道。

"一脸轻松地说别人太不容易真的没问题吗？你也向他约过稿吧，要是我这边连一页纸都没成，那说明你那边连个大纲都没立好。"

野间反过来同情似的看着对手。

"哎呀，我们这边已经搞完三分之二了，岂止大纲，就只剩个结尾了哦。"

叶子小姐咯咯地笑道。野间先生"啊？"地瞪大了眼睛。

“谁说的？”

“还能是谁？当然是本人了。”

“你已经看过那份稿子了吗？”

“那倒没有，他说除非写完结尾，不然都不给看。”

野间先生依旧是难以置信的模样，目不转睛地瞪着对手编辑的脸。

“那是忽悠你的。是我们这边先委托的，他不可能先写你们的稿子！”

“你可真天真。这又不是政府的办事窗口，怎么可能讲究先来后到。恕我直言，我社杂志的发行量和知名度比你们高到不知哪里去了。当然了，稿酬也是。虽然是你们先委托的，但只要是正经的作家，会先写哪边的稿子，用脚趾头想想就能知道吧。”

“前提得是正经作家哦。”

听他的口气，好像那个老师不是正经作家似的。野间先生一屁股坐在沙发上，叶子小姐则带着从容不迫的微笑，注视着垂头丧气的对手。她的手腕果真名不虚传。

“野间先生完全被驳倒了呢。这样看来，年轻貌美的女主编的诞生就指日可待咯。”

老哥这般说道，语气中并没有恭维的意思。

“哎哟，还早呢。”叶子小姐回应道，完全没把这当成恭维。这是莫大的自信。

野间先生一脸痛苦地喊道：“威士忌兑水！加浓！”伯父从洋酒柜里取出了苏格兰威士忌，叶子小姐用熟练而妩媚的手法调了一杯威士忌。这人真是干一行像一行，就算去做酒吧老板娘也能成功吧。但野间先生这边就……

楼上传来了脚步声，野间先生把头一抬，脸上露出了警觉的神情，下楼的人是推理评论家柴田先生。

"哎呀呀，把小说写得这么无聊，也算是一种才能吧。当读者们都是苦行僧吗？"

他似乎一直在房间里阅读寄来的新书。此刻的他宛如从地狱血池里爬上来的恶鬼，左右摇晃着粗短的脖子，发出嘎吱嘎吱的声响。只见他一屁股瘫坐在沙发上，脸上写满了打心底里的疲惫。

"我也来一杯，"他似乎把女编辑当成召之即来的女招待，接着用悠闲的声音问道，"发生了什么事吗？好像吵起来了。"

"大楠老师'消失'了。"老哥回应道。

"哦？"评论家并不显得十分吃惊，只是接过兑好水的威士忌抿了一口。

"这是怎么回事呢？"

"喏，就是这个。"老哥递来了那张留言纸。柴田先生隔着墨镜阅读着纸条，然后哼了一声，把纸条递了回去。这位评论家似乎很讨厌诸如"人类消失""密室"或"不可能犯罪"之类的东西。按他的看法，推理小说不该总是纠结于这些近乎儿戏的幼稚谜题。

"野间先生说我们串通一气让老师逃走了。"老哥不服气地说道。

"当然不是了。"柴田先生从黑色对襟毛衣里取出皱巴巴的烟盒，敲敲手指拿出一根。

"大概这里的某人和那个老师是共犯，把自己的房间给他当藏身之地了吧。总而言之，那位老师根本一步都没迈出过这间宅子，只要野间先生放弃回去，他就会自己跳出来。"

"这也很奇怪啊。因为留言上写着没有共犯对吧，如果真是那样，那就等同于大楠老师写了个假话。"

"所以呢？就是写了假话吧。"

176

"怎么可能！那位被称作诡计之王的人居然这样撒谎骗人，太差劲了！"

老哥是大楠润也的信徒，似乎是长年的信仰遭到动摇的缘故，他的声音显得有些慌张。

"归根到底，就是才思枯竭了吧。"

评论家冷酷地说道。不参与创作的人竟能如此冷酷无情。

"话说回来，要是杂志开了天窗，你打算怎么办？"

叶子小姐问道，这样的问题很有她的风格。

"没办法，只能用事先准备好的新人文章填上去了。"

野间先生一边把苏格兰威士忌当成胃药往嘴里灌，一边回答道。

新人？

我吃了一惊。

"那，那个，或许我之前给您的那篇……"

"哪篇？"满心不悦的编辑发出了不甚友好的声音。

"就是那篇，我写的那篇本格。不是说有空的时候请您过个目吗？那，那个能不能用？"

老哥一心想成为推理作家，机会总是在意想不到的时候降临。难怪他激动得连声音都变了。

"哦，那个啊。"编辑似乎终于想起了这茬。

"对对，就是那篇，用那篇顶上去。"

"不幸的是，要是用了这个，事情还会变得更糟。"

面对编辑并不友善的回应，老哥垂头丧气地嘟囔着"牛什么牛"。世事并不是那么美好，本格迷就该当一辈子本格迷，一辈子靠贬低别人的作品以过活。

老哥可能并不知道，野间先生打算用来填补空缺的，或许正是我的作品。事实上，我也写了一部大约两百页的本格推理小说交给了编辑。其实我原本梦想成为漫画家，但在接连不断的秘密投稿和落选的循环中，盛年逐渐过去。在漫画界，十几岁出道是理所当然的。

于是我不得不改弦更张，决定成为推理作家，这条路似乎更轻松一些。编辑称赞我写的东西至少比老哥要强。虽然对比的对象太过低端，但称赞仍是称赞。"天才学生作家登场！"之类的广告词在杂志和报纸上大肆传播的日子，或许意外地近在眼前……被抢先的老哥该有多么不甘，光是想想就觉得有趣至极。

又过了片刻，我离开客厅，走上了二楼。我感觉老师的房间可能隐藏着什么线索。一走进XII号房，我便在室内环顾了一圈，接着拉开窗帘一看，窗户从里边紧紧锁着，我不觉得他能通过这扇窗户逃走。放眼眺望，外边仍在飘雪。天气预报说雪势已经减弱，停下来只是时间问题。周日——也就是明天，将会是大雪停歇的晴朗冬日。

我打开窗户，无意间瞥了一眼摆放打字机的桌子，不禁"啊"了一声。那是因为老师爱用的气体打火机被扔在了这里，上面刻有两支交叉的笔的图案，设计十分别致。据说这是某个深知老师喜欢希区柯克和抽烟的粉丝所赠送的礼物，可谓是非常有眼力见儿。虽然不清楚老师身在何处，但应该已经发觉自己忘带打火机了吧。此刻想必正非常困扰。

我一边想着这些，一边漫不经心地把打火机拿在手里。就在这时，门在我的背后吱呀一声打了开来。

走廊上那口错乱的时钟敲响了一声低沉的"咣"。

4

错乱的钟声停了下来。

门被推开了，老哥从外边探进头来。

"别吓我啊，我还以为是谁呢。"

我边说边把手里的打火机放回了桌面上。

"吓人的是你吧，你在这种地方干什么?"

"没干什么，老哥来这里做什么?"

"我在想这里有没有关于'消失'诡计的线索。"

什么啊，不愧是同一对父母生的，连考虑问题的思路都一模一样。

"野间先生好像认为我们是串通好的，但这绝对不可能，那位老师上楼以后，我一直待在客厅里，但老师从没下来过。绝对是用了什么诡计。"

老哥边说边靠近窗户，然后掀开窗帘查看起来，大概是在确认锁扣是否拧到位。真是的，大家的想法都一样。

"嗯，现在几点了?"

他从窗边回过头来问我。

"唔，快九点十分了。"

"啧，又走岔了。"

老哥咂了咂舌，调整了一下手表的指针，谁让他戴了个迪士尼手表。

"这雪要下到什么时候?"

他看向窗外的雪，有些厌烦地说道。

"说是明天会放晴。"

"晴就晴吧，还有铲雪的快乐等着我们。"

老哥的话并没有错，那位伯母可不会任由心爱的侄子侄女无所事事。

"我们堆雪人吧?"

"你都多大的人了?"

老哥怜悯地看着我。也罢,等到明天早上再说吧,到时候就换他戴着毛线手套兴冲冲地跑来邀请我了。

我俩一起回到客厅,住客们都在享受着"喝赏雪酒"的雅趣,唯有野间先生在借酒浇愁。

没人看的电视机仍旧开着,我换了几个频道,没看到什么好节目。这种时候只能靠录像了。我把电视频道切换成录像机,然后在架子上物色录像带。

该看什么呢,是外国电影,还是……就决定看动画片吧,就看《兔八哥》好了。这是我每逢周三晚上六点半花半个小时时间勤勤恳恳录下来的。算是我的最爱。万一忘记录了,会难过得失眠一整晚。

"小毯也要喝点什么吗?"

当我坐在电视机跟前操作着录像机时,背后传来了叶子小姐的声音,她俨然已是一副女招待的模样。

"嗯,老样子。"

"血腥玛丽,对吧。"

虽说名字听起来挺吓人,事实上就是往番茄汁里倒点威士忌而已。原本应该用伏特加的,但对我这种看一眼奈良渍①都能醉的人而言,就只能加一点点威士忌了。

那只可悲而呆傻的歪心狼(每次都是这样)试图把一块巨岩扔到拖着一道烟尘飞奔而来的 BB 鸟头上,却不慎砸到了自己脑袋上。当电视里出现这一幕时,叶子小姐恰好说着"给",正要把装着血腥玛

---

① 奈良风味的腌菜,含酒糟。

丽的酒杯递到我手上。

哇哈哈哈哈哈！我笑得前仰后合，结果手没拿稳，杯子也跟着仰倒了。叶子小姐"啊"地惊叫着往后一跳，但为时已晚，她的针织连衣裙已然被番茄汁淋了个遍。

我连忙跳起来道歉，但美女编辑只是一脸无奈地抓着裙摆，撂下一句"马上洗应该没事"，便以脱兔之势冲到楼上去了。

从那以后，她一直都没下过楼。似乎受灾不轻，也不知能不能洗掉。我有些不安，于是关掉录像机上了楼。

我敲响了她房间的门，里面没有回应，于是我轻轻地推开门走了进去。只见床上放着一件连衣裙，红色的领口微微敞开，边上还随手扔了一条点缀在脖子上的同色丝巾。看来她打算换这身衣服。我拿起丝巾闻了闻，上边还残留着淡淡的香水味，是她常用的那款香水，莲娜丽姿。

就在这时，门开了，叶子小姐走了进来，似乎刚在盥洗室处理完污渍，而污渍并没能完全去除，她的脸色有些难看，可一看到我在房间里，她即刻挤出了笑容。

我摆出蚱蜢的姿势连连弯腰道歉，这种时候就只能一个劲地赔不是了。

"没事的，反正是便宜货。"

未来的女主编这般说道，但那条裙子怎么看都不便宜。她似乎正要换衣服，我便离开了房间。

刚下楼梯，老哥一看到我就说"喂，你也来搭把手"，我正想是什么事，原来是雪已经停了，伯母要我们赶紧把门口的积雪铲走。要是放着不管的话，半夜有可能会结冰。哎，真是的。

我和伯父加上老哥，三人一起铲起了老路两旁的雪，从玄关到外

181

门，以及从后门到后外门。当我们大汗淋漓地回到客厅时，叶子小姐已经若无其事地坐在客厅的沙发上了。

她身穿红色连衣裙，再加上耳环和红宝石挂坠的搭配，愈加衬托出白皙的脖颈。莲娜丽姿香水的味道相比平时更加浓烈刺激，也更加华美地包裹住了她的身体。

刚才还静静吸着烟斗的天野老者已然不见了踪影，似乎独自返回了二楼的卧室。我看了一眼手表，马上到十点了。

当我们走进客厅时，柴田先生刚从沙发上起身，他显然是喝多了，迈着略显蹒跚的步子走上楼梯，几分钟后，妹尾先生也回到了房间。

我拿出双陆棋，开始与老哥对弈，野间先生脸色怫然地继续喝酒。

十点二十分左右，伯父跛着左脚回到了房间，伯母在客厅里露了个脸，确认酒瓶里的酒喝掉了多少，随后也离开了。

此时的客厅里，唯有那些报出错误时间的错乱钟声时不时回荡一阵，余下的人都默默无言。老哥突然心血来潮似的嘟囔了一句：

"话说大楠老师究竟去哪儿了呢？"

没人回应这个问题。

到了十一点，连战连输的老哥似乎耍起了脾气，把双陆棋的棋子哗啦啦地扔到棋盘上，说了声："我去睡了！"便径直上了楼。紧接着，叶子小姐也离开了。

她走了以后，客厅仿佛骤然褪去了颜色，显得异常寂寥。唯有淡淡的莲娜丽姿香水味弥漫在空气中。

我试着邀请独自留下的野间先生玩双陆棋，但喝得烂醉的编辑就只是不耐烦地摆了摆手。

因为太过无聊，我也决定上楼。

回到房间后，我躺在床上看了会儿漫画，没过多久便进入了梦乡。我做了个梦，梦见自己沉溺在番茄汁的海洋中。

可怜的血腥玛丽。

5

翌日，天气晴好。

起床后，我打开了窗户，庭院里堆积的雪似受光的镜子般闪闪发亮，晃得我睁不开眼。就在我的眼泪扑簌扑簌往下掉时，传来了敲门声。我心想是谁，开门一看，原来是老哥到了。

他穿着连帽的短大衣，戴着黑色墨镜，套着黄色手套站在那里。

"什么事？大清早的。"

老哥有些羞涩地用双手在空中比画出葫芦的形状，表示要去堆雪人。瞧见了没有？老哥一把年纪了还幼稚得跟个小孩似的。我虽然不大情愿，但也没有办法，只得决定奉陪了。

匆匆洗漱更衣后，我和老哥一起来到玄关。刚打开门，我们就"咦"了一声，一齐面面相觑。

因为有人先到了一步。

门廊外边约十米远的雪地上，已经堆好了一个大而丑陋的雪人。即便如此，这雪人的样貌也太奇怪了。究竟是谁堆的呢？在这里的住客，有谁会去做这样的东西呢……

从门口到雪人间的雪地上，有几道鞋印，看起来是大块头的男人留下的。往返的足迹清晰地印在了洁白的雪地上。

仔细一看，来回的足迹深度并不相同，去时深，回来时浅，仿佛是搬运了沉重的行李又回来了一样……

"喂，那个雪人有点奇怪耶。"

老哥把双手插进大衣口袋，隔着墨镜凝视着前方说道。而我则因为雪面太过耀眼，根本没法直视。

"总觉得挺吓人的，那个雪人。"

"还带着手呢。"

正如老哥所言，那个雪人确实有些异样。它好像无脸怪一样没有眼睛和鼻子，两条手臂从躯干伸出。这并不是砍伐树枝做成的手，怎么说呢，很像真人的手臂……

"我去瞧瞧。"

说完，老哥便冲下门廊，迈着像企鹅一样的步伐摇摇晃晃地靠近雪人。他在边上仔细地观察了片刻，突然"啊"一声向后仰倒，脸色大变地跑了过来，整个人都站不稳了。

"那个雪人戴着手表!"墨镜滑到鼻子底下的老哥喘着气说道，"是大楠老师的手表……"

就这样，时钟馆乱作一团，由于雪人中冒出了大楠老师的尸体，马上有人报了警。一群威严的警察在雪地上跌跌撞撞，乌泱泱地涌了进来。

法医初步判断，根据脖子上留下的痕迹推测，大楠老师是被绳状物勒死的。后脑勺有被击打的痕迹，也就是说，老师是先遭钝器击晕，之后被绳状物勒死的。死亡推定时间是昨晚八点半到十点之间（这一推定时间在司法解剖后并无改变）。

此外，从门口到雪人之间来回的男人脚印被证实是伯父的长靴留下的。尺寸和鞋底花纹都完全匹配。当然了，不能因为凶手穿了伯父的长靴，便草草认定伯父就是凶手。伯父的长靴从昨晚开始便放在玄关的角落，馆里的住客（当然包括野间先生）都没长着那种塞不进长靴的粗笨大脚。因此，祖父的长靴谁都可以使用。

时钟馆的居民们尽数聚集在了客厅里，接受例行询问。馆主伯父从昨晚大楠先生"消失"开始说起，向刑警们解释了事情的经过。

"也就是说，受害者昨晚离开了宅邸后又回来了，在这里遭到了杀害，是吗？"

一位眉毛长得像擦鞋刷的中年刑警问道。

"不一定，或许大楠先生昨晚根本没离开过，我是这么认为的。那是因为那位老师吃完晚饭回到二楼后，客厅里一直有人，但老师并没有下楼。"

伯父回答道。

"按您的意思，二楼的某位住客和受害者是共犯，是他把大楠老师藏匿在了自己的房间里吗？"

"有可能。"

伯父面色沉重地点了点头。

"于是，自然是那人杀死了受害者，可能是故意，可能是一时冲动，对吧？"

伯父并没有回答这个问题。

"住在二楼的有哪些人？"

刑警目光锐利地瞪着我们，除了伯父和伯母，其他人都像被严厉的老师盯着的差生一样，勉勉强强地举起了一只手。刑警见状"嗯"地点了点头。

"可是，凶手为什么会想到把大楠老师的尸体藏进雪人里呢？"

一直沉默不语的天野老者用平静的声音提出了疑问。

"对啊！问题就在这里。这又不是拙劣的猎奇小说，把尸体藏进雪人里什么的，实在太蠢了。这样做有什么好处？的确不能把尸体留在房间，但也没必要吭哧吭哧地扛着尸体去堆雪人吧，随便找个地方扔掉不就行了吗？就算费力藏进雪人里，被发现也只是时间问题——"

柴田说道。

"关键并不是凶手为何要把尸体藏进雪人里，而是留在雪地上的脚印有指向凶手的线索，对吧？"

野间先生用宛如地狱深处传出的声音打断了他的话。作为《幻想宫》的编辑，这无疑是双重打击。毕竟自己的作者已经永远地逃离了他。

"哦，你说的线索是指什么？"

刑警傲慢地扬起下巴，看向了野间先生。

"首先，去程的脚印较深，回来的脚印较浅，这说明凶手是在雪地上扛着尸体行走，把尸体堆成雪人，然后再折返的。"

"嗯。"

这种事情我当然知道，那又如何——惹人嫌的刑警抱着胳膊，脸上写满了这样的言语。

"另外，凶手是一个人，因为雪地上只有一组脚印。如果存在共犯，他不可能如此大费周章地搬运尸体，而且凶手搬运尸体的时候并没有拖曳，这点从留在雪地上的痕迹就能清楚地看出来。也就是说，凶手独自扛着老师的尸体在雪地上行走了将近十米，这一事实不是分明地显示了凶手的特征吗？大楠老师虽然算不上高大，但挺胖的，体重大约有七十公斤，女人和老人能扛着这样的尸体走在雪地上吗？"

就在这时，刑警的脸上终于浮现出豁然开朗的表情。

"所以女人和老人是不是能排除在嫌犯之外呢？"

"嗯。"

"小毯、梶小姐、樱井夫人、天野先生，这四个人不可能是凶手。此外，樱井先生也不可能是凶手，因为他的左脚不方便，走路时总是拖着。尽管长靴是他的，但雪地上的脚印并没有拖曳的痕迹。总之按照这个思路，嫌疑人的范围就大大缩小了，剩下的三个人，也就是柴田先生、妹尾先生、克彦先生，凶手就在这三个人之中。"

在野间先生条理清晰的指控下，三名嫌疑人作出了各不相同的反应，设计师只是略微挑了挑眉，评论家探出身子舔舔嘴唇，立即尝试反驳，老哥则傻乎乎地张着嘴。

"你在胡扯什么！从动机上来说，你才是最可疑的，因为那位老师没赶上截稿日期，你恨得欲杀之而后快！"

柴田恼恨地说。

"不巧的是，我有不在场证明哦。昨晚八点半到十点半之间，我一直坐在客厅里。在客厅的时候，我从来没独处过。所以我认为我的不在场证明可谓无懈可击。"

野间先生冷静地回答道，随即又补充道：

"从不在场证明这点来看，你们三个好像都没有哦。"

柴田一下子沉默了。正如编辑所言，昨晚柴田先生回到二楼的时候，应该还不到十点，妹尾也是差不多的情况，也就是说，两人都有可能作案。

而另一边，老哥是在十一点左右上了二楼，但这并不意味着他不可能作案。他去大楠老师房间寻找"消失诡计"的时候，应该是九点十分前后。在那个时间点，老哥也是有可能作案的，因为他可以先杀了藏在自己房间里的老师，再走进XII号房。

我实在不愿怀疑有着血缘之亲的老哥，但他无疑也是嫌疑人之一。

"野间先生的话虽有道理，但我更在意的是凶手把尸体做成雪人的理由。只要不是疯子，就绝不会把尸体藏进雪人里头。然而，这里并没有疯子。凶手一定是有不得不这么做的理由吧？我认为找到那个理由才是查明凶案真相的关键一步。"

天野老者用谨慎的语气说道。

"还有，关于大楠先生的留言，我实在没法相信他会写出那种骗小孩的谎话，我虽然不像在座的各位一样对推理小说感兴趣，也几乎没读过他的作品，但我觉得他留言里写的在某种程度上都是事实。"

"是啊！天野先生说得对，烂船也有三斤铁，那个大楠润也怎么可能用那种拙劣的谎言逃走呢？他一定是用了某种诡计，以他的风格，或许是前所未闻的大诡计，想解决这桩案子，必须从破解这个诡计开始！"

评论家极力主张道，这话听起来实在不像迄今为止对大楠的作品持否定态度的人。相比昨天的态度简直像拐了一百八十度的大弯。看来评论家对于作品的评价，似乎可以根据本人的处境随时改变。

"不过要是真有这么厉害的诡计，应该用在创作上才对吧。我怎么都不觉得那个人能想得出这么厉害的诡计，要是早几年还好说，现如今那位老师已经没有这种能力了。我认为那只不过是老师迫于无奈的谎言。"

真叫人想不到，用冰冷的语气说出这种话的，竟然是野间先生。对大楠润也的评价，自此在评论家和编辑之间发生了逆转。或许是因为无须吹捧已故的作家，才情不自禁地说出了心里话呢？编辑这种人尽管不同于评论家，有时同样也会流露出冷酷的一面。

若是在三途河①附近（他大概还在那一带徘徊吧）的作家听到他们的谈话，想必会非常困惑，不知当喜还是当悲。

"刑警先生，真凶绝不是我们！因为在推理小说里，有着不在场证明的人通常才是凶手。这样看来，凶手不可能在我们三个里边。"

老哥激动得大声嚷嚷，这是傻瓜本格迷特有的迷信。

老哥啊，这可不是小说哦。现实中的案子并不需要意外性……

时钟馆谜案（解答篇）

6

"我知道杀害大楠老师的凶手是谁了。"当天晚上，天野将时钟馆的住客们召集至客厅。

在众人的屏息注视下，身形矮小的天野老者像往常一样点燃了烟斗，津津有味地啜了一口，然后开始发言：

"首先，我是以大楠先生留下的那条信息没有说谎为前提展开推理的，从大楠先生的人品和作风来看，他不是那种用简单谎言掩盖事实的人，要是存在什么诡计，那就一定存在于那条信息里，我是这么认为的。"

天野老者稍微顿了一顿，嘴角略带微笑环顾听众，烟斗的馥郁香气弥漫在四周。

"在那条信息中，最重要的是'现今身在馆内之人皆未成为共犯协助消失'。但要是没有共犯的协助，他果真能不经过客厅，从二楼的房间离开屋子吗？答案是否定的。即便他想从二楼的窗户逃走，也

① 神话中分隔生死之河。

189

与'自正门堂堂而出'的宣言相悖。而这里不存在其他出口。

"无论怎么想，大楠先生的消失必须存在共犯。他是先躲在共犯的房间里，等各位都不在客厅了，再堂堂正正地从大门出去，应该是这样的计划。但这样一来，便与没有共犯的信息相悖了。

"但这里请仔细思考一下，大楠先生在留言中并未提及'没有共犯'，他所说的是'现今身在馆内之人皆未成为共犯'。"

"也就是说，共犯在外边咯？"老哥不满地插了句嘴。

"某种意义上是这么回事。虽说在外边，但也不全是外人。因为外人是无法协助共犯的。因此共犯就在此刻在场的人里。也就是说，大楠先生于昨晚六点三十五分写下那条信息时，那人不在馆内，他就是协助消失的共犯。"

"昨天六点半左右不在馆内，此刻在场的人是……"

老哥翻着白眼瞪向了天花板。

"哪有这样的人啊？昨天六点半左右，大家刚好吃完晚饭，都在客厅里吧。外出的人一个都没有。伯母是在厨房吧？"

老哥朝着伯母求证似的瞥了一眼，正在编织的伯母却连头也不肯抬。

"我并没有说他是外出的人哦，恰恰相反。"

天野的脸上一直挂着微笑。恰恰相反？要说"外出"的反义词……

"怎么会这样！"老哥吓了一跳，大叫了一声。

"事实就是这样哦。"

要说昨晚六点半后"进入"时钟馆的人物——

"你是说共犯是野村先生？"

克彦君情不自禁地瞪大了眼睛，他似乎觉得直率地表达惊讶是一种美德。

"这样一来，一些谜团就可以解开了。也就是说，昨晚的消失事件是大楠先生和野村先生共同策划的一幕戏，大楠先生的留言表面是写给编辑的，其实是写给我们看的。其中的一句'待彼等知晓我之消失，恐惊诧万状，尤甚于君'，这么想就说得通了。"

"可他为什么要这么做？"

老哥仍满脸不信地望着编辑，编辑则抱着长长的胳膊坐在那里，让人疑心他是不是在打瞌睡。

"这应该是小说的演练吧。在把这个消失诡计写进小说之前，大楠先生或许是计划在编辑的协助下实际演练一番。如果是他，做出那种事情也没什么好奇怪的。"

"也就是说，老师是躲在野间先生住的Ⅺ号房，对吗？"

我再也按捺不住，终于插了句嘴，天野点了点头。

"可这不对啊，因为他进不了那个房间，接到野间先生的电话后，我就去打扫那个房间了。之后，我用万能钥匙锁上了房间，所以在野间先生到来之前，老师是绝对进不了那个房间的。"

当我去Ⅻ号房通知野间到来的消息时，那个老师已经没了踪影，既不在盥洗室也不在Ⅸ号房。要是那时他已经躲进了Ⅺ号房，那他是怎么进入上锁的房间的呢？收在客厅橱柜的抽屉里的Ⅺ号房钥匙明明被我亲手交给了编辑，他是不可能事先偷出来的。

天野老者的推理似乎在此遭遇了瓶颈，可他却毫不犹豫地说道：

"这只是利用罗马数字的特性所做的简单交换而已。也就是说，大楠先生在白天把天野先生将要入住的Ⅺ号房的钥匙和他自己的Ⅸ号房的钥匙调了包，罗马数字Ⅸ和Ⅺ非常容易搞混，有时要仔细观察才能发现它们的区别。"

"这么说来，我交到野间先生手上的，其实是IX号房的钥匙？"

我目瞪口呆地说道。回想起来，当时的我先入为主地认为抽屉里只有XI号房的钥匙，所以没仔细看号码牌就将其交给了编辑。

"在接到野间先生打来的电话后，毯子小姐便开始打扫起了房间，他正是利用了这样的惯例，加重了不可能的色彩。"

"那么，杀了老师的人是谁？"

柴田先生发出了嘶哑的声音。

所有人都转向了编辑。

"不是我哦。我有不在场证明，难道你们都忘了吗？"

就像在证明自己没有睡着似的，编辑抬起了头，语气格外冷静。没错，这个人不可能是凶手，因为在大楠老师遇害的那段时间，野间先生一直在客厅里喝着闷酒。

"可是，他是消失诡计的共犯，难免让人觉得——"

天野老师温和地打断了仍在喋喋不休的评论家。

"当然了，凶手并不是野间。"

7

"此处有一点不能忽略，那就是把大楠先生藏进房间的凶手并不见得就是杀害大楠先生的凶手。不过在此之前，必须向野间先生确证我的推理是否无误。要是不这样做，就没法进入下一阶段。"

天野先生一边说着，一边用凝望爱子般的慈祥的视线注视着编辑。

"一切都如您所言。"

野间启介坦率地承认道。

"太好了，这样一来，我推理的立足点便构筑完毕，将大楠先生藏进自己房间的正是野间先生。但野间先生有着牢固的不在场证明，大楠先生遇害的时间段内，野间先生一直待在客厅里，关于这条不在场证明，在场的各位，当然也包括我，都可以为他作证。

"也就是说，在野间先生待在客厅的时候，有人杀害了大楠先生。那么，我还想向野间先生再请教一个问题，是你把老师的尸体运出来，堆成雪人的吗？"

面对这个问题，编辑并没有回答。

"拒绝回答吗？好吧，也成。沉默即是答案。你在昨天深夜回到了Ⅺ号房，在那里发现了大楠老师的尸体，一具头部被打，脖子被绞，死状惨烈的尸体。你想必非常震惊吧。为什么不当场大声呼叫呢？理由可以想见几个，其中之一，是你怕在那种状况下，自己会被当成凶手吧。幸运的是，根据法医的判断，你有不在场证明。但昨晚的你无法预见这种侥幸。因此你首先想到的是将尸体搬出房间，这是理所当然的。不过令人费解的是，你不仅把尸体搬到了外边，还费尽心思地将其堆成了雪人。"

天野侦探对在场的所有人展露微笑。

"如果仅仅因为不能将尸体留在房间，那你只需将尸体搬出房间即可。可以将其放在二楼的走廊上，也可以让其躺在客厅的沙发上。没有必要花费老大力气，特地将尸体抬走，堆成雪人。你并不是疯子，反倒是思路清晰的人，为何要做出如此荒唐之举呢？其中的缘由，才是指向真凶的重要线索。"

觉察到话题渐入佳境，一种奇怪的紧张感在现场的众人之间弥漫开来。

"野间先生为何一定要将尸体变成雪人呢？其中缘由其实已经通过他自己的嘴向我们透露过了。今天早上，他是这样说的'关键并不是凶手为何要把尸体藏进雪人里，而是留在雪地上的脚印有指向凶手的线索'。这句话便包含了他不辞辛苦把尸体变成雪人的原因。也就是说，他的目的并非将尸体变成雪人，而是制造出凶手抬着尸体在雪地里行走了十米远的假线索。其实不堆雪人，只把尸体丢在雪地上便已足够。不过他或许是希望能将各位的注意力转移到雪人那边吧。最重要的是在雪地上留下的脚印。"

"也就是说，野间先生是要……"

老哥问了一句。

"他是想保护凶手，才留下伪造的线索。所以真凶就在他想要排除的五个人之中。即樱井老爷、樱井夫人、毯子小姐和梶叶子小姐，当然还有我。"

早上刚被视作嫌犯的评论家和设计师露出了略显安心的表情。

"那么，在这五个人里，野间先生想要保护的究竟是谁呢？关于野间先生的行为，虽然是仅限于此的一己之见，却颇有些英雄主义的意味。虽然从道义上讲仍有异议，毕竟他犯下了遗弃尸体的罪行。然而，这种行为稍有不慎就会引火烧身。虽说是三更半夜，但也没法保证搬运尸体的时候不会被人撞见。独自一人花费好几个小时堆雪人，这种行为非但滑稽，还充满了难以想象的孤独。他究竟是为了谁才不惜做出这样的行为呢？可见他对那个人的感情非同一般。"

我情不自禁地看向了野间先生，而他却倚靠在沙发上，脸上露出了好似与己无关的表情。

"不过，在揭露真凶的姓名之前，还需解决一个问题。那就是野间先生是怎么知道真凶是谁的。简单来说，或许是真凶主动向野间先生坦白了一切，并请求他的协助。但这显然不太可能，因为从凶手的角度看，这种做法太过冒险。因为野间先生并不见得会同意成为事后共犯。我想凶手在杀人之后，应该还是若无其事地将尸体留在那个房间里了。回房的野间先生获知了某些线索，找到了真正的凶手。可他非但没有告发那个凶手，反倒打算包庇他。那么，野间先生是如何得知凶手是谁的呢？凶手并不是傻瓜，不可能留下明显的线索，但要是那些线索是无形的呢？凶手做梦也没想到自己在犯罪现场留下了这样的线索，比方说，某种看不到却能闻得到的东西……"

我身旁的某人猛吸了一口气，在那个人的身上，此刻仍隐约散发着淡淡的芬芳。

"是香水，留在房间里的正是这个。野间先生正是注意到了这点，才知晓了真凶的身份。"

天野先生用严厉的目光瞪向某人。平素不起眼的矮小老者，此刻却显得异常伟岸。

"你杀害大楠先生，是在被毯子小姐泼了一身番茄汁，上二楼换衣服的时候吧？"

在她那雀斑微现的苍白脸上，一双眼睛正腾着火焰回瞪着老者。

"恐怕这并非有预谋的犯罪，你是不是偶然撞见了本应消失的大楠先生呢？或许就在大楠先生想去厕所，刚走出XI号房的时候。敏锐如你，很快就明白了一切吧。大楠和野间是一伙的。也就是说，大楠首先完成的并不是你的稿子，而是《幻想宫》的稿子。一页纸都没写的，其实是你委托的稿子。总之这事被你知道了，当然也可能是大楠先生自己坦白的。当你得知被作家耍弄之后，一时间怒火中烧，抓起了身边的钝器……这与其说是推理，倒不如说是我的空想。"

"那条丝巾……"我嘟囔着。

"你正是用那条红色丝巾勒死了老师。所以后来下楼的时候，才把丝巾换成了挂坠。"

叶子瘫倒在沙发上，好似一个濒死的女王。

错乱的时钟重重地敲响，仿佛在哀悼美女编辑的错乱人生。

幕　间

"发生了一点麻烦的状况。"

在杂志刊登了那篇猜谜小说解答篇的几天后，《QED》的编辑打来这样的电话。

"什么麻烦事？"

既然特地打来电话，想必与我有关。我心中萌生了不祥的预感。

"比起在电话里谈，不如直接见个面吧，得给您看样东西。"编辑故弄玄虚地回答道，声音里似乎还压抑着哽咽。究竟是怎样的紧急状况，居然能让一个大男人几乎哭出声来？我先是一愣，但如果听仔细点，又觉得他憋的是笑。转念一想，他该不会被过于紧急的状况扰乱了心神，陷入了想要发笑的境地吧。

我即刻决定在他指定的咖啡店见面。我是那种与外表不符的神经质性格，要是把这种不安延续到明日，简直太折磨人了。

晚到十分钟的编辑刚一落座，就从他那件穿旧的西装内袋里掏出了一个白色信封模样的东西。

"事实上，昨天编辑部收到了这样的意见信。"

编辑将从怀里拿出的信封在我的鼻尖前方晃了晃。意见信？但愿听错了，只是粉丝信而已吧。

"这是什么……"

我有些忐忑地问道。

"百闻不如一见，还请您自己看看。"

说着，他面带浅笑，递上了信封。居然是专程用了特快。我用几乎颤抖的手接了过来，取出里边的东西，只是普通的信纸而已。然而，当我阅读上面的内容时——

　　"这是什么？"

　　"正如字面所写的那样，是读者对作者的挑战书。"

　　编辑咻咻笑着答道。

　　"只不过是恶作剧吧，别理他不就行了？上面写着问题篇有重大漏洞，可真有那样的漏洞吗？"

　　"我倒是没发现。"

　　"是吧？应该没有才对，而且这个寄件人——"

　　我边说边翻看着信封背面。

　　"上面只写着'K市'，没填地址，名字也是'山浦亚巳'，是男是女都分不清楚。这不是化名吗？匿名信多半靠不住，这不就是个戏弄刚出道的新人的恶作剧吗？"

　　"确实存在这种可能性，但说不定正如山浦氏说的那样，那篇问题篇确实有漏洞。更让人头疼的是（说到这里，编辑又忍不住笑了起来，半点都看不出为难的样子），我们主编看上了那封挑战书，说是很有趣，要发表在本月号的'读者之页'上。"

　　所谓"读者之页"乃是大多数杂志固有的栏目，什么"遇见贵刊才知晓推理小说的妙处"啦，"某某老师最近的活跃表现令人惊叹"啦，就是刊登这类一看就是编辑部捏造的"来信"的地方。

　　"啊？这样一来，不就相当于接受挑战了吗？"

　　"似乎是这样。"

　　"由谁接受挑战？"

　　"当然是作者咯。"

"作者就是我吗?"

"还有其他人吗?"

"没有。"

"身为编辑,我也有责任,会尽力提供协助的。"

这是必需的。

"下个月的杂志虽然赶不上了,下下个月能不能想想办法?"

"这个嘛……"

"那就这样,总之赶在下下个月吧。"

他仿佛突然失聪了,完全无视我的回答,擅自决定下来。

"稿酬会付的吧?"

"那是当然。"

"如果只是恶作剧该怎么办?"

"那也没关系啊。"

"当然有关系了,虽然眼下还算清闲,但我也不想把精力浪费在无谓的事情上面。"

"嗨,别这么说嘛。"

编辑笑着搪塞了过去。

"要是在截稿日期前没法回应挑战,写不出稿子的话又会怎样呢?"

"也不会怎样吧,只会丢脸而已,哈哈哈哈哈。"

要是可以的话,我真想成为委托如潮的畅销作家,此时此刻更是渴望。这样一来,哪怕把没喝完的咖啡泼到讨厌的编辑脸上,也能霸气地扔下一句"此处不留爷,自有留爷处"。

"那就这么说定了。拜托您了。"

对方看了一眼手表,匆匆起身。

"我回去后也会重读一遍文章,要是发现错误的话马上和您联系。"

我可以在此断言，这位编辑回到杂志社后，绝对不会重读那期刊登了问题篇的杂志。要是真有这闲工夫，他宁可去唱卡拉OK。

"要是真有这样的错误，希望能在刊登前指正。"

我故意大声发着牢骚，可惜的是对方似乎根本没有听见。这人似乎拥有一双对不利于己的事情选择性失聪的奇怪耳朵。

"啊，这个您忘了拿。"

那封"山浦氏"寄来的宝贵意见信还在我的手里，我急忙站起身来，想把纸递给他。编辑却挥了挥手。

"我已经复印过了，请留作纪念。"

言毕，他快步向收银台走去。

我又重读了一遍"纪念"。

内容如下——

来自读者的挑战

　　今邑氏之《时钟馆谜案》问题篇暗含重大漏洞，此漏洞甚是细微，易于忽略。然有趣之处在于该漏洞足令小说内容彻底颠覆，杀害大楠润也之人并非梶叶子，真凶另有其人。

　　此漏洞究竟为何？此外，勘破漏洞而浮出水面的真凶又是何人？望作者细细推理，并将此推理付诸小说之形，于○月号或△月号上刊登。

　　切盼贵刊能将此挑战书刊登于本月号"读者之页"，以免被束之高阁。

K市　山浦亚巴

时钟馆谜案（解答篇其二）

8

客厅里错乱的时钟重重地敲响了。

一直默默听着的女编辑慵懒地自沙发上起身，打开桌面上的银烟盒，抽出一根纤细的香烟，叼在鲜红的嘴唇上。

推理评论家立刻递上了廉价打火机的火焰。她微微欠身接过了火，叠起修长的双腿，倚靠在沙发上，吸了一口烟，缓缓吐出一口烟气。

此情此景，宛如一幕优雅的哑剧。

众人皆似观赏银幕上的女演员一样，痴迷地凝视着她。

"天野先生的名推理就到此为止了吗？"

夹在白皙指间的细支卷烟冒出淡淡青烟，在蓝色的薄纱背后，一对宝石般的眼眸正紧紧盯着老者。

"姑且如此。"

原咖啡店老板的表情像极了站在女主人面前的管家。

"整体虽然出色，却有一点略显浅薄。"

叶子小姐单手玩弄着烟盒，面露微笑。

"哦，哪里？"天野先生亦回以微笑。

"野间先生回屋发现尸体，为了包庇凶手，把尸体堆成雪人，到这里为止应该没有问题，他自己也承认了。但问题在于之后的推理，仅凭犯罪现场留下的香水味就断言我是凶手，未免太早了吧？难不成香水味上还刻着我的名字不成？"

"您的质疑确实有理，但用香水的唯有您一个人，因此这香水味就如同写了您的名字一般。"

天野先生毫不退让地说道。

"可是，如果是凶手打算把杀害老师的罪名嫁祸于我，故意把香水味留在犯罪现场呢？"

"在回答这个可能性之前，我想先问一个问题。你在客厅的时候，可曾锁上了房间门呢？"

叶子小姐似乎有些措手不及，旋即简略地应了一声"嗯"。

"还有一件事，你在二楼换好衣服之后，还是锁上房门下到客厅的吗？"

美女编辑隔着青烟点了点头。

"慎重起见再问一句，毬子小姐，您有香水吗？"

天野先生突兀地转向我问了一声，我不禁吓了一跳。

"没，古龙水倒是有。"

"樱井夫人呢？"

这回他转向伯母问道。伯母只是耸了耸肩。

"很好，也就是说，犯罪现场里留下的香水味果真是梶小姐的，而且这也证明了其他人并未故意留下香水味栽赃于她。因为梶小姐细心地锁好了门，没人能从她的房间盗出香水，而且其他女性都没有香水，因此没法替代，此外，本次的谋杀并非蓄谋已久——"

"请等一下！"天野侦探话音未落，野间先生便急不可耐地打断了他。之前还如此冷静的他，此刻却抬高了嗓门，显得莫名惊慌。

"天野先生的推理，只有一个地方与事实不符！"

他的驴脸上写满了决心，似乎准备将一切和盘托出。

"哦？哪点？"这回就连天野侦探也面露不安。

"确如您所言，一看到老师的尸体，我便立刻认定是梶小姐所为。

她有动机，因为她委托的稿子老师完全没有动笔，只专心于自己即将发表的作品。老师一旦认定某事，便像拉马车的马一样一门心思走到底。只不过，我认定凶手是梶小姐的依据并不是香水的气味，事实上，房间里并没有香水味。别误会，我这么说并不是在包庇她，事到如今，再做这种事也没什么用了，我也没执迷不悟到这种程度。"

"那究竟是——"前咖啡店老板明显地流露出几分狼狈。

"是丝巾。老师的脖子上缠着一条用作凶器的红色丝巾。我认得那条丝巾，上面隐约还有她常用的香水味。我觉得错不了，认为是她一时暴怒掐死了老师，然后惊慌失措地抛下凶器逃走了。"

"这么说来，房间里并没有留下香水味吗？"

天野先生说道，烟斗几乎从嘴里掉了出来，淌下的口水拉出了一条丝。

"没有，硬要说的话，就是丝巾上有一点。"

编辑好似从不撒谎的印第安人，语气坚定地说道。

"这就太奇怪了！要是梶小姐进过房间，就应该留下香水的气味才对。"

外行侦探发出了慌乱的声音，现在看来，原本那个看起来伟岸的老者似乎也缩回到原先的体形。或许这人还是适合在留声机前扮演胜利小狗。

这是一个教训。推理小说这种东西，读得太多没有好处（会变成老哥那样），但完全不读也行不通。

"看起来，你认定我是凶手的证据，这回倒证明了我的清白。事到如今，我就明确告诉你吧，杀害大楠老师的人并不是我，我上楼换衣服的时候，根本没遇见老师，更没想到老师和野间先生是串通好的。我虽然没有杀死老师，但现在倒是恨不得杀了他。"

她压低声音说道。

"那么，那条丝巾……"野间先生问道。

"被人偷走了。"叶子小姐爽快地回答。

"偷走了?"

"大概是真凶偷的。"

"什么时候?"

"当我把替换衣服放在床上，然后去洗手间清洗裙子上的污渍的时候。等我去换衣服时，丝巾已经没了踪影，我才迫不得已用挂坠替代了丝巾。"

"到底是谁干的?"

为了回答这个问题，叶子小姐看向了某人。野间先生也循着她的目光看了过去。除去我以外，所有人都看向了在场的某个人。

9

看来这篇手记也到了收尾之际。

没错，诸位，我才是真正的凶手。

杀害大楠老师的人就是我本人。

等一下，从这篇手记来看，我，即笠原毯子，根本没有作案的机会吧。读者的意见也可以理解。但倘若犯罪者有权对不利于自己的话保持沉默，自然也有权在手记里略去不利于自己的记述。

我在这本手记中，特地略去了杀害大楠润也的场面，省略的部分应该是这样的。

＊

我一边想着这些，一边漫不经心地把打火机拿在手里。就在这时，门在我的背后吱呀一声打了开来。

203

走廊上那口错乱的时钟敲响了一声低沉的"咣"。

按照惯例，我下意识地看了一眼手表，时间是八点四十分。

见有人开门进来，我情不自禁地叫出了声。

"老师!"

原来是大楠老师来了，老师认出了我，露出一副大事不妙的表情，但马上把食指贴在嘴边，做了个嘘的手势。

"你去哪了? 野间先生他——"

老师拽起我的袖子，匆匆把我拉到了XI号房，我连打火机都没来得及放下。

然后，大楠老师向我坦言了一切，原来他和野间先生是串通好的，这一切只是为了排演即将刊登于《幻想宫》的中篇的核心诡计而已。事实上，《幻想宫》的截稿日期是下个月，野间先生当然也是知道的。大楠老师一直躲在这个房间里，直到想抽烟的时候，才发现打火机忘在隔壁了，悄悄去取的时候恰好撞见了我。等一下，等一下——

"那叶子小姐的委托呢?"

我目瞪口呆地问道，老师一脸茫然，仿佛听不懂我在说什么。又过了片刻，他才低声说"被我忘了"。

要是叶子小姐听到这话，想必会吓得不轻吧，我也不是例外。原来大楠先生并没有抛下稿子逃走，这也意味着我在《幻想宫》上刊登处女作的机会也已远去，完全是空欢喜一场。可恶!

"雪还在下吗?"

大楠润也一边嘀咕着无忧无虑的话，一边掀开窗帘站在窗边，而我正恨恨地盯着他的背影。

等一等。就在这时，恶魔在我耳畔低语——也不是没有机会，如果没有这位老师，我的处女作就能见到阳光……

大楠老师那微微发秃，显露出粉色底肤的后脑勺极具诱惑力，当登山者被问及为何登山时，他们往往会说"因为山在那里"，而我若被问及当时冲动的原因，也只能这样回答——

因为头在那里。

猛然惊觉之际，我已然抓起了铜制花盆，朝那个"头"猛挥下去，仅仅击打仍有可能恢复意识，以防万一，我又用台灯的电线勒住了他的脖子。既然要做就不能手软，我用尽全力勒紧了电线。

当我终于松开手的时候，脚边已然躺着一具完美的尸体。

我想起刚才还收在围裙口袋里的打火机，必须把他放在原来的位置。想到这里，我走出了躺着尸体的房间，去了隔壁的XII号房，正当我把打火机放在桌面上时，走廊的时钟又响了起来。

咣、咣、咣、咣。

时钟鸣响渐歇。这时，身后的门打了开来。我着实吓得不轻。有那么一瞬间，我还以为本应躺在隔壁房间的大楠老师死而复生了。然而门打开的时候，探出脑袋的却是老哥。

"别吓我啊，我还以为是谁呢。"

我边说边把手里的打火机放回到桌面上。

*

事实上，这些记述本应插入第三节和第四节之间，而我略去了这些内容，但单纯略去显得不公，为了让读者能够推理出略去的地方，我准备了一个小小的伏笔。

那是关于两口钟的记述。

所谓的两口钟，其一是我手臂上那块准确无误的表，其二是挂在XII号房外走廊上的那口错乱的挂钟。

这口钟不准，但并不是坏了。正如第一章所言，是出于伯父的趣味故意被调乱的。发条也上得很足，因此时间的流逝速度理应和我的手表一致。

然而，还请回想一下，当我去XII号房报告野间先生来访的消息时，走廊上的时钟敲了两下（第二节篇末）。就在这时，我反射性地看了一眼手表，时间是七点十分（第三节开头），也就是说，当时钟指向两点时，我的手表正是七点十分。

既然如此，两个小时后，当手表显示为九点十分时，时钟会敲响几声呢？这是个简单的算术问题，当然是敲响四声。不是四声就奇怪了。但在第三节末尾响起的钟声有几声呢？是一声。在第四节的开头，老哥问我时间的时候，当时我的回答是"九点十分"。

也就是说，只要认为第三节的末尾和第四节的开头是连续的，那么两口钟的时间就会出现不一致的状况。因此，聪慧的读者应该能够看出，第三节和第四节之间被略去了一段时间。那么被略去的时间究竟有多长呢？又或者说，在第三节的篇尾，那个错乱的时钟敲响的时候，准确的时间是几点呢？

钟声只响了一次，表示一点或者×点半，由于时间不可能倒流，因此绝不会是一点或者一点半，只会是两点半或三点半。无论怎么看，至少有三十分钟的时间被省略了，这段时间足够我杀死大楠润也。

这就是我为"公平"而设下的伏笔。

事实上，我为了寻找"消失"的线索而造访XII号房的时间是八点四十左右，尚且不到九点，彼时走廊上的时钟显示的时间是三点半，也就是说，第三章和第四章之间被略去了三十分钟。

此即"时钟"之可怖。

在杀死老师后，我和老哥一起回到客厅，尽管并不情愿，但我仍想到了栽赃叶子小姐的卑劣手段，听过大楠老师的话，我发觉叶子小姐也有杀人动机。

我首先放了一盘搞笑录像，选取《兔八哥》并非随意为之，我需要大笑，笑到栽倒，为什么？当然是为了把番茄汁泼到叶子小姐身上。

不过演那一出戏着实有些辛苦。《兔八哥》我已经看了不知多少遍，看得录像带都磨损了。老实说，我早就笑不出来了。可这样一来怕是要糟，因此我才被迫上演了前仰后合的戏码。强迫自己在不想笑的时候笑，着实是一桩痛苦的事。

我装好录像带，正打算照例点一杯"血腥玛丽"（这名字简直太适合我了！），结果她自己倒主动提了出来，就这样，我顺利地弄脏了她的衣服，让她匆匆上楼回到自己的房间。我这样做的原因有二：一是为了让她丧失不在场证明，要是叶子小姐一直待在客厅可不好办。二是假装道歉，来到她的房间，偷出把她栽赃成凶手的证据。只要将其随手扔在尸体旁边，任谁都会把她当成凶手。因为她确实有动机。

我来到她的房间，发现房间的主人不在，正好看到一条合适的红丝巾。我拿起丝巾，将其收进围裙口袋，然后立即返回犯罪现场，将丝巾缠在了尸体的脖子上。

我料到野间先生是第一个发现尸体的人，却怎么也没想到他竟为了包庇处于竞争关系的编辑而做了那种手脚。但从结果来看，我无疑是幸运的。我用的是电线，要是警方来的时候丝巾还缠在脖子上，就会暴露凶器并非丝巾的事实。

在这些方面，日本的警察可是很优秀的。

以上便是我——真凶笠原毯子的自白。

此刻的我身在监狱，这里无聊得很。麻疹和杀人都最好在未成年时经历，可恨的是，我早就过了二十岁生日了。

就在昨天，伯父来看我了。唯有伯父仍把我当作家人，至于其他亲人早已将我抛弃，父母也似乎彻底忘记了两人辛辛苦苦生我养我的事实。不过这对我而言倒是省了不少心。

伯父为我带来了两个"喜讯"（于我而言并不是!）。一个是野间和叶子结婚的消息。哦，这样啊，真是太好了。我只能如此冷淡地回应。事实上，要是没我这个丘比特，这两个人恐怕只会永远处于平行线上。真希望多少能收到一点感激，至少婚礼的时候能朝监狱的方向敬一杯酒。

另一个消息非但算不上喜讯，反倒把人气得肝肠寸断。老哥居然作为推理作家出道了。那个白痴？简直叫人难以置信。如今的推理界究竟是怎么了？望着灰色墙壁上为打发时间而画的补丁葫芦①涂鸦，我真是欲哭无泪。凭老哥这样的水平都能出道（假使如今的出版界果真如此错乱），只要我耐心等待片刻，或许早已站立在阳光之下了。

是我亲手毁掉了自己的才华。

我在此写下的这本手记，根本没有付梓成书的可能。就像无聊时在墙上涂画的补丁葫芦一样，没有任何人会看到它。顶多供自己重读一番，偶尔空虚地自嘲一下罢了。干脆给看守大妈看看吧？恐怕只是浪费感情，那种兽头瓦一样的面孔就只会读恋爱小说，行情是固定的。

太空虚了。在这种地方，一个天才作家（天灾作家？）竟会以种子的形态腐烂殆尽。对日本而言，简直是天大的损失。

可怜的血腥玛丽。

———————

① 手冢治虫依据妹妹的涂鸦设计的漫画形象，后以无厘头的形式客串在他几乎所有的作品中。

尾　声

"也就是说，今邑老师在问题篇中所犯的错误，就是对那个错乱时钟的描述吧。"

听筒那头《QED》的编辑问道。

"是啊，那些错乱的时钟只是为了营造气氛而加进去了，所以没仔细推敲细节。所以在第三章的结尾，按照和前篇的联系，本应写成'敲响了四声'，结果却不小心写成'一声'。"

"原来如此，原来如此。所以这点被山浦氏敏锐地戳中了？"

"是啊，由于描写上的一点小差错，导致第三章和第四章之间出现了三十分钟以上的空白时间，因此乍看之下毫无机会的叙述者毯子也有了行凶的机会。不过，严格来讲，在略去的这段时间内，毯子究竟有没有杀死大楠润也却无从得知。因此山浦氏指出的'真凶另有其人'，准确地说应该写成'可能另有其人'。"

"真是个可怕的读者。"

"是啊，毕竟那些愿意自掏腰包买书的读者都很苛刻，同时也有的是时间吧。"

大致来讲，本格推理的爱好者们大多属于有闲一族。那些分秒必争的商务人士是打死都不会碰这种东西的。受众一般是学生、失业者或病人。

"没错，读者不可小觑。尤其是我们的读者，水平都高得很，像山浦氏这样的人并不少见。"

"这我懂，我也是读者。"

我若无其事地炫耀了一把。

"不过，这也算是因祸得福吧，多亏山浦氏的指正，才引来了更多有趣的内容。主编也很高兴，毕竟从读者那里发来挑战书，真是前所未闻啊。"

编辑的声音掩饰不住内心的雀跃。

"是吗？"

"好吧，现在说出来应该无妨。您说过因为缩短了篇幅，所以内容会相当浓缩，是吧？"

"是啊。"

"所以我很期待，不知道会浓缩到什么程度。"

"哈哈。"

"可是，看完之后……"

"不够浓缩吗？"

"不不，我可没这么说。"

明明就是想这么说。

"不管怎样，结果就是内容的确变充实了，读者们应该会满意的。"

"作者也好满意呀，毕竟拿到了额外的稿费。"

"哎呀，不过是蝇头小利罢了。"

苍蝇头？蚊子腿还差不多。

"还真是多亏了那个山浦亚巳呀。"

"哦，对了，说起来山浦氏又给编辑部寄了一封信？"

"啊？还要找茬？"

"不不，因为是写给编辑部的，我便读了一下，他对今邑老师赞叹不已。"

"哦？"

"山浦氏说，起初自己是以冷眼旁观的心态，想看这位女性本格派新人到底有几斤几两。结果却被她的精湛文笔所折服。堂堂正正地回应那封挑战书的做法值得嘉许。希望将来能在我刊上看到更多她的作品。"

"呵呵，从这封信的措辞来看，山浦氏果然是男性呢。"

"是吧，毕竟从我们的读者统计上看，男性占绝大多数。"

"能得到如此褒奖真是受宠若惊。话说这封信也要刊登在'读者之页'上吗？"

我满怀期待地问道。

"不，不会登。"

对方毫不客气地应了一句，看来这里的主编果然是个乖僻的家伙。

"不过，我已经将山浦先生的信转寄给您了，还请仔细品读。"

言毕，那边单方面挂断了电话。什么啊，还以为会立刻委托我写下一部作品呢，难得"山浦氏"都这么说了。算了，也罢。反正我的第二部长篇小说终于由某社出版了，多少也能赚点版税。

我走出门，看了一眼邮箱，有了，山浦亚巳的信。

要迫不及待地拆开看吗？不，我并没有这么做，而是把信揉成一团扔进了垃圾桶。没必要再看一遍。话说回来，《QED》的编辑部里，就没有人怀疑过"山浦亚巳"的真身吗？明明解个字谜①就能看出来了。

真是的，明明我一开始就说把篇幅缩减到百页以内是不可能的，可那边还是对百页以内死咬不放，结果才搞得这么麻烦。无论如何，那都不是百页以内能够解决的问题。

---

① 将山浦亚巳的罗马音"YAMAURA AMI"重组后可得作者名"今邑彩（IMAMURA AYA）"。